Molière (eig. Jean Baptiste Poquelin), geboren am 15. Januar 1622 in Paris, ist am 17. Februar 1673 ebenda gestorben.

Am Abend des 15. Januar eines jeden Jahres führt ein Ensemble der Pariser Comédie Française im Gedenken an Molières Geburtstag die »Zeremonie« der Promotion Argans zum Doktor der Medizin auf, jener Hauptfigur aus der Komödie *Der eingebildete Kranke*, mit der das Werk des wohl größten französischen Komödienschreibers seinen höhepunktartigen Abschluß finden sollte. – Nach der vierten Aufführung am 17. Februar 1733 war der Autor, der auch die Hauptfigur auf der Bühne darstellte, an einem Blutsturz gestorben.

Bis zum heutigen Tage hat dieses Stück nicht nur in Frankreich, sondern auf allen Bühnen der Welt die größte Resonanz erfahren und zählt damit sicherlich zu den am häufigsten aufgeführten Werken dieses französischen Klassikers.

In der insel taschenbuch-Ausgabe wird die Übertragung von Johanna und Martin Walser in gedruckter Form vorgelegt; sie war bisher Grundlage zahlreicher Theateraufführungen.

insel taschenbuch 1014
Molière
Der eingebildete Kranke

MOLIÈRE
DER EINGEBILDETE KRANKE

Aus dem Französischen von
Johanna Walser und Martin Walser

Insel Verlag

Umschlagabbildung: ›Le malade imaginaire‹
von Moreau-le-Jeune

insel taschenbuch 1014
Erste Auflage 1987
Insel Verlag Frankfurt am Main und Leipzig

Vertrieb durch den Suhrkamp Taschenbuch Verlag
Umschlag nach Entwürfen von Willy Fleckhaus
Satz: Fotosatz Otto Gutfreund, Darmstadt
Druck: Nomos Verlagsgesellschaft, Baden-Baden
Printed in Germany

6 7 8 9 – 96 95 94

Der eingebildete Kranke

Personen

ARGAN der eingebildete Kranke
BÉLINE Argans zweite Frau
ANGELIKA Argans Tochter, geliebt von Cléante
LUISE Argans jüngste Tochter, Angelikas Schwester
BÉRALDE Argans Bruder
CLÉANTE Verehrer Angelikas
DR. DIOFOIRUS Arzt
THOMAS DIAFOIRUS Sohn des Doktors, Verehrer Angelikas
DR. PURGON Argans Arzt
FLEURANT Apotheker
VON BONNEFOY Notar
TOINETTE Hausmädchen bei Argan

ERSTER AKT

Erste Szene

ARGAN *sitzt allein in seinem Zimmer, hat einen Tisch vor sich stehen und zählt die Apothekerrechnungen mit Hilfe von Spielmarken aus. Er gerät dabei in ein Zwiegespräch.*

ARGAN Drei und zwei macht fünf und fünf macht zehn und zehn macht zwanzig. Drei und zwei macht fünf. »Dazu: am vierundzwanzigsten ein einschmeichelndes, vorbereitendes und aufweichendes Klistier, um die Gedärme des Herrn Argan zu schmeidigen, zu befeuchten und wiederzubeleben.« Das gefällt mir an meinem Apotheker Fleurant, seine Rechnungen klingen immer so einnehmend. Die Gedärme des Herrn Argan: 30 Sol. Allerdings, Fleurant, einnehmend sein allein tut's nicht, man muß außerdem auch noch vernünftig sein und die Kranken nicht gleich ruinieren. Eine Spülung 30 Sol! Wie gesagt, ich weiß Sie zu schätzen, aber früher haben Sie mir dafür nicht mehr als 20 Sol berechnet, und 20 Sol in der Apothekersprache, das sind 10 Sol; also bitte: 10 Sol. »Dazu: am gleichen Tag ein gründlich reinigendes Klistier, gemischt aus Kathlicon forte, Rhabarber, Rosenhonig etc., wie verordnet, um den Unterleib des Herrn Argan auszufegen, zu waschen und durchzuputzen: 30 Sol!« Gestatten, 10 Sol. »Dazu: am Abend desselben Tages eine Lebermixtur, beruhigend und einschläfernd, um Herrn Argan ruhigzustellen: 35 Sol.« Daran ist nichts auszusetzen, ich habe glänzend geschlafen. 10, 15, 16, 17 Sol, 6 Pfennige. »Dazu: am fünfundzwanzigsten eine sowohl abführende wie stärkende Medizin, gemischt aus frischer Cassie und levantinischem Sennesblatt etc., wie von Doktor Purgon verordnet, um die Galle des Herrn Argan abzuleiten und auszuscheiden: 4 Francs.«

Ah! Mein lieber Herr Fleurant, das sind mir Scherze. 4 Francs. Behandelt man Kranke so? Doktor Purgon hat nicht verordnet, mir 4 Francs abzunehmen. 3 Francs von mir aus, bitte. 20 und 30 Sol. »Dazu am selben Tag eine schmerzstillende, astringierende Tinktur, zur Entspannung des Herrn Argan: 30 Sol.« Gut, 10 und 15 Sol. »Dazu am sechsundzwanzigsten ein Klistier gegen Blähungen, um die Winde des Herrn Argan zu verjagen: 30 Sol.« 10 Sol, Herr Fleurant. »Dazu am selben Abend das Klistier wiederholt, wie gehabt: 30 Sol.« Herr Fleurant, 10 Sol! »Dazu am siebenundzwanzigsten eine schöne Medizin, um die schlechten Launen des Herrn Argan mit Schwung hinauszubefördern: 3 Francs.« Gut, sagen wir 20 und 30 Sol. Erfreut, Sie so vernünftig zu sehen. »Dazu: am achtundzwanzigsten ein Schlückchen klare Süßmolke, um das Blut des Herrn Argan zu entsäuern, zu beruhigen, zu mäßigen und aufzufrischen: 20 Sol.« Gut, sagen wir 10. »Dazu ein herzstärkender und vorbeugender Trank, gemischt aus 12 Körnchen Bezoarstein, Limonen- und Granatapfelsirup etc., wie verordnet: 5 Francs.« Na, na, Fleurant, nicht so wild, bitteschön. Wenn Sie so vorgehen, will kein Mensch mehr krank sein. Begnügen Sie sich mit 4 Francs. 20 und 40 Sol. Drei und zwei macht fünf und fünf macht zehn und zehn macht zwanzig. 63 Francs, 4 Sol und 6 Pfennige. Demnach habe ich also diesen Monat 1, 2, 3, 4, 5, 6, 7, 8 Arzneien genommen und wieviel Spülungen: 1, 2, 3, 4, 5, 6, 7, 8, 9, 10, 11 und 12. Und letzten Monat waren es 12 Arzneien und 20 Spülungen. Kein Wunder, geht es mir diesen Monat schlechter. Das kriegt Doktor Purgon zu hören, daß er das in Ordnung bringt. Los jetzt, räumt das Zeug weg! *Als er merkt, daß niemand kommt und daß keiner von seinen Leuten im Zimmer ist.* Keiner da. Ich kann sagen, was ich will, dauernd läßt man mich allein. Ich kann sie doch nicht anbinden. *Er schellt mit einer Glocke nach seinen Leuten.* Sie hören rein gar nichts, meine Glocke macht zu wenig Lärm. Ding, ding, ding! *Nachdem er das zweite Mal geklingelt hat.* Nichts zu machen! Ding, ding, ding! *Nachdem er nochmals geklingelt hat.* Sie sind taub. Toinette! Ding, ding, ding! *Nachdem er so laut wie möglich geklingelt hat.* Wie wenn ich nicht klingeln würde. Ding, ding, ding! Luder, Miststück! *Merkt, daß er wieder umsonst läutet.* Ich werde wahnsinnig! *Er läutet nicht mehr, sondern schreit.* Ding, ding, ding! Miststück, elendes! Ist denn das die Möglichkeit, einen armen Kranken derart allein zu lassen. Ding, ding, ding! Wenn das nicht erbärmlich ist. Ding, ding, ding! Oh, mein Gott, sie lassen mich hier sterben. Ding, ding, ding! Ding, ding, ding!

Zweite Szene

TOINETTE · ARGAN

TOINETTE Komme ja schon.

ARGAN Luder! Miststück!

Toinette tut, als hätte sie sich den Kopf angeschlagen.

TOINETTE Grauenhaft, Ihre Ungeduld. Einen so zu hetzen! Jetzt bin ich mit dem Kopf voll gegen den vorstehenden Fensterladen geknallt.

ARGAN *wütend.* Du treuloses Ding!

TOINETTE *um ihn zu unterbrechen und am Schreien zu hindern, klagt fortwährend.* Au, au, au.

ARGAN Eine ganze...

TOINETTE Au!

ARGAN Eine ganze Stunde...

TOINETTE Au!

ARGAN Hast du mich sitzenlassen.

TOINETTE Au!

ARGAN Sei still jetzt, daß ich dich anschreien kann.

TOINETTE Richtig, nur zu, nachdem mir sowas passiert ist.

ARGAN Wegen dir schrei ich mich heiser, Miststück!

TOINETTE Wegen Ihnen, Ihnen allein, renn ich mir's Hirn ein. Da dreh ich die Hand nicht um. Wir sind quitt, wenn's recht ist.

ARGAN Du! Gemeines Stück...

TOINETTE Wenn Sie schimpfen, heul ich.

ARGAN Mich sitzenlassen, treuloses Stück.

TOINETTE Au!

Immer um ihn zu unterbrechen.

ARGAN Luder, du willst...

TOINETTE Au!

ARGAN Ja, ja! Soweit kommt's noch, nicht einmal mehr anschreien darf man sie.

TOINETTE Von mir aus können Sie schreien, solange Sie wollen.

ARGAN Du läßt mich ja nicht, Luder. Dauernd unterbrichst du mich.

TOINETTE Wenn Sie schreien dürfen, werd ich doch wohl noch weinen dürfen, jedem das Seine. Wie sich's gehört. Au!

ARGAN Bitte, wenn's nicht anders geht. Ich geb's auf. Schaff mir das Zeug vom Hals, hörst du! Hat die Spülung heute funktioniert? Toinette!

TOINETTE Die Spülung?

ARGAN Ja, war hübsch Galle im Stuhl?

TOINETTE Also wirklich! Mit sowas will ich nichts zu tun haben! Soll doch Herr Fleurant seine Nase da reinstecken, er hat ja auch den Profit davon.

ARGAN Paßt ja auf, daß ihr eine Fleischbrühe parat habt für die nächste Spülung. Es ist schon bald wieder soweit

TOINETTE Ganz schön, was dieser Herr Fleurant und dieser

Purgon mit Ihrem Körper treiben. Für die sind Sie eine prima Milchkuh. Würde die zwei gern mal fragen, was Ihnen eigentlich fehlt, daß sie Ihnen eine solche Masse an Mitteln aufbrummen.

ARGAN Schweigen Sie! Unwissende! Ihre Sache ist es wohl nicht, Arztrezepte zu überprüfen. Jetzt hol doch jemand meine Tochter Angelika. Ich muß mit ihr sprechen.

TOINETTE Sie kommt schon ganz von selbst. Sie hat gespürt, was Sie wollen.

Dritte Szene

ANGELIKA · ARGAN *und* TOINETTE

ARGAN Komm her, Angelika, du kommst grade recht. Ich wollte mit dir sprechen.

ANGELIKA Ich bin ganz Ohr.

ARGAN *rennt zum Nachttopf. Zu Toinette.* Moment! Meinen Stock. Ich bin gleich wieder da.

TOINETTE *sich über ihn lustig machend.* Jetzt aber schnell, Herr Argan, schnell, Herr Fleurant hält uns in Trab.

Vierte Szene

ANGELIKA · TOINETTE

ANGELIKA *vertraulich.* Toinette.

TOINETTE Was?

ANGELIKA Schau mich ein bißchen an.

TOINETTE Bitte sehr! Ich schaue Sie an.

ANGELIKA Toinette!

TOINETTE Und bitte was »Toinette«?

ANGELIKA Ahnst du kein bißchen, worüber ich reden will?

TOINETTE Ich ahne ein bißchen. Über unsern jungen Freund natürlich. Schließlich reden wir seit sechs Tagen über nichts anderes. Und Ihnen geht's schlecht, sobald Sie nicht von ihm sprechen.

ANGELIKA Wenn du das schon weißt, warum ersparst du mir nicht die Peinlichkeit, dir dieses Thema aufdrängen zu müssen.

TOINETTE Sie ließen mir keine Zeit dazu. Sie sind so wild darauf, daß es schwer ist, Ihnen zuvorzukommen.

ANGELIKA Zugegeben, ich könnte ewig mit dir über ihn reden. Mein Herz brennt darauf, sich dir zu öffnen. Aber, sag mir, Toinette: verurteilst du mein Gefühl für ihn?

TOINETTE Nicht meines Amtes.

ANGELIKA Ist es nicht erlaubt, sich diesen süßen Empfindungen zu überlassen?

TOINETTE Das würde ich nicht sagen.

ANGELIKA Oder möchtest du, daß ich unempfindlich wäre gegenüber den zärtlichen Beteuerungen seiner lodernden Leidenschaft für mich?

TOINETTE Gott behüte!

ANGELIKA Jetzt sag doch, siehst du nicht auch in der totalen Unerwartetheit unserer Begegnung eine Fügung des Himmels oder des Schicksals?

TOINETTE Doch.

ANGELIKA Wie er für mich Partei ergreift, ohne mich näher zu kennen, das ist ein Mann von Format.

TOINETTE Doch.

ANGELIKA Edler handeln kann man nicht.

TOINETTE Absolut richtig.

ANGELIKA Und wie er das macht, mit welcher Grazie.

TOINETTE O ja.

ANGELIKA Wie er auftritt, Toinette, das ist einfach fabelhaft.

TOINETTE Aber sicher.

ANGELIKA Gib zu, daß er besser aussieht als jeder andere.

TOINETTE Zweifellos.

ANGELIKA Seine Art zu reden und wie er sich benimmt, das hat etwas Subtiles.

TOINETTE Unbedingt.

ANGELIKA Glühender als er zu mir kann man nicht sprechen.

TOINETTE Wahrhaftig.

ANGELIKA Das Allergemeinste aber, mich hier einzusperren, daß die süßen Begeisterungen unserer vom Himmel selbst entfachten Liebe einander nicht mehr erreichen.

TOINETTE Wie recht Sie haben.

ANGELIKA Liebste, beste Toinette, glaubst du, daß er mich wirklich so liebt, wie er sagt?

TOINETTE Ja ja, bei sowas ist unter Umständen auch Vorsicht geboten. Liebesgetue sieht manchmal wahnsinnig echt aus. Also was ich da schon für Schauspieler erlebt habe!

ANGELIKA Ach, Toinette, wirklich? Der ganze Reichtum seiner Rede, könnte das alles erlogen sein?

TOINETTE Auf alle Fälle werden Sie da bald Klarheit haben. Der Heiratsvorschlag, den er Ihnen in seinem gestrigen Brief machte, ist das beste Mittel, Ihnen zu beweisen, ob er die Wahrheit sagt oder nicht. Jetzt wird es sich zeigen!

ANGELIKA Ach, Toinette, wenn er mich betrügt, glaube ich im Leben keinem Mann mehr.

TOINETTE Ihr Vater kommt.

Fünfte Szene

ARGAN · ANGELIKA · TOINETTE

ARGAN *setzt sich in seinen Stuhl.* Also, meine Tochter, ich muß dir etwas mitteilen, was dich wahrscheinlich überrascht. Es gibt jemanden, der will dich heiraten. Was soll das? Du lachst? Ja, das ist angenehm, nicht wahr, vom Heiraten zu reden. Für junge Mädchen gibt es nichts Lustigeres. Oh, Natur! Natur! Es sieht aus, meine Tochter, als brauchte ich dich kaum zu fragen, ob du wirklich heiraten willst.

ANGELIKA Ich muß tun, was dir mir zu befehlen gefällt.

ARGAN Erfreulich, eine so gehorsame Tochter zu haben. Die Sache ist also abgemacht. Ich habe dich auch schon versprochen.

ANGELIKA Es gehört sich, Vater, daß ich mich deinem Willen einfach füge.

ARGAN Meine Frau, deine Stiefmutter, wollte, daß ich dich ins Kloster tue und deine kleine Schwester Luise auch.

TOINETTE *ganz leise.* Das Miststück weiß, warum.

ARGAN Sie weigerte sich strikt, dieser Heirat zuzustimmen, aber ich habe mich behauptet. Mein Wort gilt.

ANGELIKA Ach, Vater, wie muß ich dir dankbar sein für alles, was du für mich tust.

TOINETTE Also wirklich, auch ich sag Ihnen Dank dafür, das ist das Klügste, was Sie in Ihrem Leben je getan haben.

ARGAN Ich habe den Betreffenden zwar noch nicht gesehen, aber man hat mir gesagt, mit dem könne ich zufrieden sein und du auch

ANGELIKA Ganz sicher, Vater.

ARGAN Ja, wie, kennst du ihn denn?

ANGELIKA Da deine Zustimmung mir gestattet, dir offen zu sagen, wie es um mich steht, teile ich dir schlankweg mit, daß der Zufall uns vor acht Tagen zusammenführte und daß dieser Heiratsantrag ein Produkt der Zuneigung ist, die wir sofort zueinander hatten.

ARGAN Davon hat man mir nichts gesagt, aber es freut mich natürlich; um so besser, wenn es so steht. Es heißt, er sei jung, groß, eine Erscheinung.

ANGELIKA Ja, Vater.

ARGAN Gute Figur.

ANGELIKA O ja.

ARGAN Angenehmes Wesen.

ANGELIKA Ganz sicher.

ARGAN Guter Charakter.

ANGELIKA Sehr gut.

ARGAN Gescheit und aus gutem Hause.

ANGELIKA Genau.

ARGAN Sehr anständig.

ANGELIKA Keiner ist anständiger als er.

ARGAN In Latein und Griechisch perfekt.

ANGELIKA Das weiß ich nicht.

ARGAN Und in drei Tagen ist er Doktor med.

ANGELIKA Wie bitte?

ARGAN Ja, hat er dir das nicht gesagt?

ANGELIKA Nein, wirklich nicht. Wer hat dir das gesagt?

ARGAN Dr. Purgon.

ANGELIKA Kennt ihn Dr. Purgon?

ARGAN Was für eine Frage! Er muß ihn doch kennen, schließlich handelt es sich um seinen Neffen.

ANGELIKA Cléante, Dr. Purgons Neffe?

ARGAN Was für ein Cléante? Wir sprechen von dem, der dir den Heiratsantrag machte.

ANGELIKA Eben, ja.

ARGAN Also! Das ist Herrn Purgons Neffe, Sohn seines Stiefbruders Dr. Diafoirus, und dieser Sohn heißt Thomas Diafoirus und nicht Cléante; und wir haben heute morgen diese Heirat beschlossen, Dr. Purgon, Herr Fleurant und ich. Und morgen wird mir dieser Schwiegersohn in spe von seinem Vater vorgestellt. Was ist? Du bist ja ganz perplex.

ANGELIKA Ja, Vater. Ich merke, wir sprechen von zwei verschiedenen Personen.

TOINETTE Herr Argan, verrückter geht es wohl nicht mehr! Selber so reich und dann die Tochter noch an einen Arzt verheiraten?

ARGAN Jawohl. Was geht denn dich das an, du Miststück, du freches.

TOINETTE Mein Gott! Nur mit der Ruhe. Gleich werden Sie beleidigend. Können wir nicht miteinander vernünftig überlegen, ohne uns gleich anzuschreien. Also kommen wir zur Sache. Was, bitte, spricht für eine solche Heirat?

ARGAN Dafür spricht, daß ich mich schwach und krank fühle und es auch bin, also sollen Schwiegersohn samt Verwandte Mediziner sein, damit ich Hilfstruppen habe. Im Kampf gegen die Krankheit. Damit ich die so bitter nötigen Arzneiquellen innerhalb der Familie habe und jederzeit verfügen kann über Sprechstunden, Rezepturen!

TOINETTE Ein Argument, und schon macht es Spaß, einander zuzuhören. Aber Herr Argan, Hand aufs Herz, sind Sie krank?

ARGAN Was, Miststück, ob ich krank bin? Unverschämte!

TOINETTE Also gut! Jawohl, Herr Argan, Sie sind krank, deswegen kriegen wir keinen Streit. Sie sind sogar sehr krank, einverstanden, kranker noch als Sie glauben. So weit, so gut. Aber Ihre Tochter braucht einen Mann für sich, und da sie kein bißchen krank ist, gibt man sie keinem Arzt.

ARGAN Meinetwegen geb ich sie dem Arzt; und eine gute Tochter müßte entzückt sein, den zu heiraten, der ihrem Vater helfen kann.

TOINETTE Meine Güte! Herr Argan, wollen Sie einen wirklich gutgemeinten Rat?

ARGAN Und der wäre?

TOINETTE Vergessen Sie diese Heirat.

ARGAN Und warum?

TOINETTE Warum? Weil Ihre Tochter überhaupt nicht will.

ARGAN Sie will überhaupt nicht?

TOINETTE Nein.

ARGAN Meine Tochter?

TOINETTE Ihre Tochter. Von ihr können Sie hören, daß sie mit Herrn Diafoirus nichts im Sinn hat, mit seinem Sohn Thomas Diafoirus ebensowenig, sowenig wie mit irgendeinem Diafoirus von hier bis Haiti.

ARGAN Ich habe was im Sinn, ich, außerdem ist die Partie vorteilhafter, als man denkt. Dieser Sohn ist Diafoirus' einziger Erbe. Dazu hinterläßt ihm Dr. Purgon, selbst frau- und kinderlos, wenn diese Heirat klappt, sein ganzes Vermögen; und Dr. Purgons Kapital bringt 8000 Francs im Jahr.

TOINETTE Er muß ganz schön Leute umgebracht haben, daß er so reich ist.

ARGAN 8000 Francs, das ist schon was, vom väterlichen Erbe ganz abgesehen.

TOINETTE Herr Argan, das ist alles wunderbar, aber noch einmal: ich rate Ihnen wirklich, geben Sie ihr einen anderen Mann, sie ist nicht geschaffen zur Frau Diafoirus.

ARGAN Und ich will, daß sie's wird.

TOINETTE Ach pfui! Sagen Sie das nicht.

ARGAN Ich soll das nicht sagen?

TOINETTE Nein.

ARGAN Und warum sollte ich nicht?

TOINETTE Man wird sagen, daß Sie nicht mehr wissen, was Sie sagen.

ARGAN Man soll sagen, was man will, aber ich sage Ihnen, ich gab mein Wort, sie wird es halten.

TOINETTE Nein, sie wird nicht.

ARGAN Ich zwing sie dazu.

TOINETTE Sie wird nicht, ich sag's Ihnen.

ARGAN Sie wird, sonst steck ich sie ins Kloster.

TOINETTE Sie?

ARAN Ich.

TOINETTE Gut!

ARGAN Wieso gut?

TOINETTE Sie stecken Sie nie ins Kloster.

ARGAN Ich stecke sie nie ins Kloster?

TOINETTE Nie.

ARGAN Nie?

TOINETTE Nie.

ARGAN Soso, sehr lustig. Ich steck meine Tochter nicht ins Kloster, wenn ich will?

TOINETTE Nein, sag ich.

ARGAN Wer hindert mich?

TOINETTE Sie selbst.

ARGAN Ich?

TOINETTE Ja, das bringen Sie nicht fertig.

ARGAN Und ob.

TOINETTE Sie machen Spaß.

ARGAN Überhaupt nicht.

TOINETTE Ihr Vaterherz hält das nicht aus.

ARGAN Es hält.

TOINETTE Ein Tränchen oder zwei, Arme, die sich um den Hals schlingen, ein »liebes Pappilein«, zärtlich hingeflüstert, und Sie zerfließen.

ARGAN Sowas zieht nicht bei mir.

TOINETTE Ja, ja.

ARGAN Und ich sage dir, kein Mensch bringt mich davon ab.

TOINETTE Kleinigkeit.

ARGAN Das würde ich nicht sagen.

TOINETTE Mein Gott! Ich kenne Sie, Sie sind von Natur aus gut.

ARGAN *heftig.* Ich bin überhaupt nicht gut, und wenn ich will, bin ich böse.

TOINETTE Nur mit der Ruhe, Herr Argan, vergessen Sie nicht, Sie sind krank.

ARGAN Ich befehle ihr strengstens, daß sie sich darauf einstellt, den Mann zu nehmen, den ich sage.

TOINETTE Und ich, ich verbiete ihr strengstens, das zu tun.

ARGAN Wo sind wir denn eigentlich? So ein Miststück von Hausmädchen, spricht man so mit seinem Herrn?

TOINETTE Wenn ein Herr nicht weiß, was er tut, hat ein vernünftiges Hausmädchen das Recht, ihn wieder zur Vernunft zu bringen.

ARGAN *rennt hinter Toinette her.* Du! Freches Mensch! Du gehörst totgeschlagen.

TOINETTE *rennt davon.* Es ist meine Pflicht, alles, was Ihnen Schande bringen könnte, zu verhindern.

ARGAN *wütend, rennt hinter ihr her, um seinen Stuhl herum, den Stock in der Hand.* Paß auf, dir bring ich Anstand bei, du!

TOINETTE *rennt immer zu der Seite des Stuhls, wo Argan nicht ist.* Ich versuche doch bloß, wie's meine Pflicht ist, zu verhindern, daß Sie eine Dummheit machen.

ARGAN Luder!

TOINETTE Nein, dieser Heirat stimm ich nicht zu, niemals.

ARGAN Lumpenmensch!

TOINETTE Kommt nicht in Frage, daß sie Ihren Thomas Diafoirus heiratet.

ARGAN Miststück.

TOINETTE Und mir folgt sie lieber als Ihnen.

ARGAN *anhaltend.* Angelika, kannst du mir nicht dieses Biest einfangen.

ANGELIKA Ach, Papa, du solltest auf deine Gesundheit achten.

ARGAN *zu Angelika.* Wenn du mir sie nicht fängst, verstoß ich dich.

TOINETTE *geht weg.* Und ich, ich verstoße sie, wenn sie Ihnen gehorcht.

ARGAN *wirft sich in seinen Stuhl, ist es müde, hinter ihr herzulaufen.* Ach! Ich kann nicht mehr. Das ist mein Tod.

Sechste Szene

BÉLINE · ANGELIKA · TOINETTE · ARGAN

ARGAN Oh! Meine Frau. Komm doch.

BÉLINE Fehlt dir was? Hast du was? Was fehlt denn meinem armen Mann?

ARGAN Komm doch und hilf mir.

BÉLINE Was hat er denn wieder, mein Kleiner?

ARGAN Mammchen.

BÉLINE Mein Schatz.

ARGAN Man hat mich grad so geärgert.

BÉLINE O je! Mein armer Liebling. Aber wie denn, Schatz?

ARGAN Dieses Biest von Toinette ist so frech wie noch nie.

BÉLINE Jetzt steigre dich doch nicht so hinein.

ARGAN Wenn sie mich immer so reizt, Mammchen.

BÉLINE Nur mit der Ruhe, mein Herzchen.

ARGAN Seit einer Stunde sabotiert sie alles, was ich will.

BÉLINE Schon gut, ganz ruhig!

ARGAN Und hat die Unverfrorenheit, mir zu sagen, ich sei überhaupt nicht krank.

BÉLINE Sowas Unverschämtes.

ARGAN Du weißt, Schatz, wie es um mich steht.

BÉLINE Ja, Schatz, sie hat unrecht.

ARGAN Liebste, dieses Miststück bringt mich noch um.

BÉLINE Na, na!

ARGAN Sie ist schuld, daß mir die Galle überläuft.

BÉLINE Jetzt reg dich doch nicht gleich so auf.

ARGAN Und ich habe dir schon, ich weiß nicht wie oft, gesagt, wirf sie hinaus.

BÉLINE Mein Gott! Schätzchen, Dienstboten ohne Fehler gibt es nicht. Du mußt einfach ihre schlechten Eigenschaften der guten wegen in Kauf nehmen. Sie ist geschickt, genau, flink und vor allem zuverlässig; und du weißt, wie man heute aufpassen muß beim Personal. Na! Toinette!

TOINETTE Frau Argan.

BÉLINE Warum regen Sie denn meinen Gatten so auf?

TOINETTE *zuckersüß.* Ich? Frau Argan? Ach! Ich weiß nicht, was Sie meinen. Ich denk immer nur daran, wie ich es Herrn Argan recht machen könnte.

ARGAN Oh! Diese Schlange!

TOINETTE Er sagt uns, er will seine Tochter mit dem Sohn des Herrn Diafoirus verheiraten, drauf sag ich, ich fänd das eine prima Partie für sie, aber noch besser wär's, fänd ich, sie ins Kloster zu stecken.

BÉLINE Gar nicht so falsch, ich finde, sie hat recht.

ARGAN Oh! Liebling, und du glaubst ihr! Sowas Durchtriebenes! Mir gegenüber war sie nur unverschämt.

BÉLINE Gut! Ich glaube dir, Schatz. Jetzt reicht es. Schon gut, du hast ja recht, Schatz, aber jetzt entspannen wir uns. Toinette, wenn Sie meinen Gatten noch einmal so ärgern, fliegen Sie. Und jetzt geben Sie mir seinen Pelz und die Kissen, damit er's bequem hat in seinem Stuhl. Jetzt geht's gleich besser. Zieh die Mütze ganz über die Ohren. Es zieht dir ans Ohr, und schon hast du den Schnupfen.

ARGAN Ach Mammchen, wie du mich umsorgst, ich bin dir ja so dankbar.

BÉLINE *legt die Kissen um Argan herum.* Steh schnell auf, daß ich sie dir hinlegen kann. Das hierher, daß du dich dranlehnen kannst, das auf die andere Seite. Das in deinen Rücken und dieses stützt uns das Köpfchen.

TOINETTE *wirft ihm grob das Kissen auf den Kopf und geht weg.* Und das da, um Sie vor dem Abendtau zu schützen.

ARGAN *steht wütend auf und wirft alle Kissen nach Toinette.* Willst du mich ersticken, Biest!

BÉLINE He, he, was soll denn das?

ARGAN *ganz außer Atem, wirft sich in seinen Stuhl.* Ahaaaa! Ahaa! Ahaa! Ich kann nicht mehr.

BÉLINE Warum gleich so heftig, sie hat es gut gemeint.

ARGAN Dieses Aas! Du weißt nicht, wie bösartig sie ist, Schatz. Oh, oh, ich bin außer mir, sie ist schuld. Was das Arzneien und Spülungen braucht, bis das wieder eingerenkt ist.

BÉLINE Ja, ja, Schätzchen, jetzt entspann dich doch ein bißchen.

ARGAN Mammchen, du bist mein einziger Trost.

BÉLINE Armes Schätzchen.

ARGAN Im Bemühen, deine Liebe zu mir zu würdigen, möchte ich, wie du weißt, mein Testament machen.

BÉLNE Ach Schatz, ich bitte dich, kein Wort davon. Ich darf nicht daran denken. Schon beim Wort Testament durchzuckt mich ein Schmerz.

ARGAN Ich habe dir gesagt, sprich mit deinem Notar darüber.

BÉLINE Er ist da, nebenan. Ich hab ihn mitgebracht.

ARGAN Dann laß ihn herein,Schatz.

BÉLINE Ach Liebster, wenn man seinen Mann mag, bringt man es fast nicht über sich, an sowas zu denken.

Siebte Szene

NOTAR · BÉLINE · ARGAN

ARGAN Kommen Sie, Herr von Bonnefoy, kommen Sie. Nehmen Sie Platz, bitte. Von meiner Frau weiß ich, daß Sie ein vollkommen korrekter Mann sind und einer ihrer besten Freunde. Ich habe ihr aufgetragen, mit Ihnen über ein Testament zu sprechen, das ich machen möchte.

BÉLINE Ach! Ich kann überhaupt nicht sprechen über sowas.

NOTAR Sie hat mir dargelegt, was Sie vorhaben, auch das, was Sie für sie planen. Dazu muß ich Ihnen sagen, Sie können Ihrer Frau in Ihrem Testament nichts vermachen.

ARGAN Aber warum?

NOTAR Das wäre gegen jeden Brauch. In einem Land mit geschriebenem Gesetz ließe sich das machen, aber in Paris und in den Ländern, wo das Gewohnheitsrecht gilt, auf jeden Fall in den meisten, geht das eben nicht, und jede Verfügung wäre nichtig. Die einzige Zuwendung, die ein Mann und eine Frau, die ehelich verbunden sind, einander machen können, ist, beiderseits, eine Schenkung zwischen Lebenden. Auch dürfen im Augenblick des Ablebens des ersten Sterbenden keine Kinder da sein, weder von beiden Verehelichten, noch von einem der beiden.

ARGAN Was für eine widerwärtige Regelung, daß ein Mann seiner Frau, die ihn zärtlich liebt und ihn rührend umsorgt, nichts hinterlassen können soll. Ich muß meinen Anwalt fragen, was da zu tun ist.

NOTAR Nur nicht zu einem Anwalt, die sind da oft überpenibel und halten es für ein Kapitalverbrechen, wenn man ein wenig übers Gesetz hinaus disponiert. Das sind schwierige Herren, von den Umwegen des Gewissens keine Ahnung. Besser, man fragt Leute, die weniger stur sind, die das Mittelchen kennen, das uns sanft über das Gesetz hinweghilft und Unerlaubtes erlaubt macht, die wissen, wie man etwas Unebenes ebnet, und die den Weg kennen, auf dem man durch indirekte Zuwendungen dem Gewohnheitsrecht entgeht. Bei solchen Sachen ist Findigkeit alles, sonst könnten wir einpacken, unsere Branche wäre bankrott.

ARGAN Meine Frau hat mir ja gesagt, daß Sie ebenso findig wie korrekt sind. Was kann ich machen, daß mein Vermögen an sie geht und nicht an meine Kinder?

NOTAR Was Sie machen können? Sie können sich ganz diskret an einen wirklichen Freund Ihrer Frau wenden, dem Sie in aller Form, per Testament, alles, was Sie haben, vermachen. Dieser Freund übergibt dann alles ihr. Sie können auch noch eine Reihe von unanfechtbaren Schuldverschreibungen ausstellen, zu Gunsten verschiedener Gläubiger, die als Strohmänner für Ihre Frau fungieren und die ihr schriftlich versichern, daß sie das nur ihr zuliebe tun. Sie können ihr auch, zu Ihren Lebzeiten, bares Geld übergeben, auch, falls Sie haben, Wechsel, die ausgestellt sind auf den Überbringer.

BÉLINE Mein Gott! Dich mit so etwas zu quälen. Wenn du von uns gingst, Liebster, möchte ich auch nicht mehr bleiben.

ARGAN Mammchen.

BÉLINE Ja, mein Schatz, es ist schlimm genug, dich zu verlieren.

ARGAN Du liebe Frau!

BÉLINE Das Leben wird mir nichts mehr bedeuten.

ARGAN Liebste!

BÉLINE Ich würde dir hinabfolgen, damit du wüßtest, wie ich an dir hänge.

ARGAN Mammchen, du zerreißt mir das Herz. Bitte, bitte, fasse dich.

NOTAR *zu Béline.* Tränen sind nicht am Platz. Es ist doch noch gar nicht so weit.

BÉLINE Ach Herr von Bonnefoy, wenn man so an seinem Mann hängt, das kennen Sie nicht.

ARGAN Das einzige, was mir leid täte: sterben, ohne daß ich ein Kind von dir hätte.

NOTAR Das wird schon werden.

ARGAN Das Testament, Liebste, müssen wir machen, wie Herr von Bonnefoy vorschlägt; aber für alle Fälle übergebe ich dir schon einmal die 20000 Francs in Gold, die ich hinter der Wandverkleidung im Schlafzimmer habe, und die zwei Wechsel, ausgestellt von den Herren Damon und Gerante.

BÉLINE Nein, nein, ich will das doch alles nicht! Ah... Wieviel sagst du, hast du im Schlafzimmer?

ARGAN 20000 Francs, Liebste.

BÉLINE Bitte, sprich doch nicht immer vom Materiellen. Ah... Die zwei Wechsel? Auf wieviel lauten die?

ARGAN Einer auf viertausend, der andere auf sechstausend Francs, Mammchen.

BÉLINE Was ist alles Materielle dieser Welt gegen dich, mein Schatz.

NOTAR *zu Argan.* Wenn's Ihnen recht ist, gehen wir gleich an das Testament.

ARGAN Jawohl, Herr von Bonnefoy; aber das machen wir besser nebenan. Liebling, bitte, deine Hand.

BÉLINE Komm, armes Schätzchen.

Achte Szene

ANGELIKA · TOINETTE

TOINETTE Sie haben einen Notar bei sich, ich hörte was von einem Testament. Ihre Stiefmutter hält sich ran. Ganz sicher läuft da was gegen Sie, wo Ihr Vater eingespannt werden soll.

ANGELIKA Über sein Geld kann er verfügen nach Laune, über mein Herz bitte nicht. Du siehst, Toinette, wie brutal sie vorgehen. Bitte verlaß mich nicht in einem solche Augenblick.

TOINETTE Ich Sie verlassen? Lieber würde ich sterben. Ihre Stiefmutter kann mir erzählen, soviel sie will, soll sie mich ruhig einbauen in ihre Pläne, ich habe sie noch nie leiden können. Immer war ich auf Ihrer Seite. Lassen Sie mich nur machen, ich deichsle das schon zu Ihrem Vorteil; aber dazu muß ich geschickt manövrieren, kein bißchen mehr Sympathie für Sie, so tun, als dächte ich jetzt über alles wie Ihr Vater und Ihre Stiefmutter.

ANGELIKA Bitte, versuche, Cléante zu erreichen, daß er von dem Heiratsplan erfährt. Bitte!

TOINETTE Ich habe nur einen, dem ich das auftragen kann, dem alten Wucherer Polichinelle, der mich anbetet. Das kostet mich ein paar zuckrige Sätzchen, die ich für Sie gern fabriziere. Heute geht's nicht mehr, aber morgen, in aller Frühe, laß ich ihn holen, er wird entzückt sein …

BÉLINE *im Haus.* Toinette!

TOINETTE Man ruft mich. Bis bald. Verlassen Sie sich auf mich.

ZWEITER AKT

Erste Szene

TOINETTE · CLÉANTE

TOINETTE *Cléante nicht erkennend.* Was wünschen Sie, mein Herr?

CLÉANTE Was ich wünsche?

TOINETTE Ach so, Sie sind's? So 'ne Überraschung! Was wollen Sie denn hier?

CLÉANTE Erfahren, wie's weitergeht, mit der lieben Angelika sprechen, fragen, was sie fühlt und wie sie zu der fatalen Heirat steht, von der man redet.

TOINETTE Ja, ja, aber so einfach ist das nicht, mit Angelika reden. Wir müssen uns schon was einfallen lassen. Sie wissen doch, wie streng sie bewacht wird, daß sie nicht raus darf und niemand hinein. Ohne die Theaterleidenschaft der alten Tante, die durchsetzte, daß wir in die Komödie durften, hätte eure große Liebe gar nicht erst anfangen können, und wir hüten uns streng, diesen Vorfall überhaupt zu erwähnen.

CLÉANTE Deshalb komme ich auch nicht als Cléante hierher, trete nicht auf als ihr Liebhaber, sondern als ein Freund ihres Musiklehrers, der mich als seinen Stellvertreter schickt.

TOINETTE Ihr Vater kommt. Moment, ich werde Sie ihm melden.

Zweite Szene

ARGAN · TOINETTE · CLÉANTE

ARGAN *glaubt sich allein, sieht Toinette nicht.* Dr. Purgon sagt: »Gehen Sie morgens im Zimmer auf und ab, zwölf mal hin, zwölf mal her.« Jetzt hab ich doch vergessen zu fragen, der Länge oder der Breite.

TOINETTE Herr Argan, da ist ein...

ARGAN Nicht so laut, Trampel! Da kriegt man ja eine Gehirnerschütterung! Wohl noch nie gehört, daß man mit Kranken nicht so laut spricht.

TOINETTE Ich wollte nur sagen, Herr...

ARGAN Nicht so laut, sag ich.

TOINETTE Herr...

Tut so, als ob sie spreche.

ARGAN Wie bitte?

TOINETTE Ich sag Ihnen, daß...

Sie tut so, als spreche sie.

ARGAN Was sagst du?

TOINETTE *laut.* Ich sage, da ist ein Herr, der mit Ihnen sprechen will.

ARGAN Soll kommen.

Toinette winkt Cléante her.

CLÉANTE Herr...

TOINETTE *spöttisch.* Nicht so laut, Herr Argan kriegt ja eine Gehirnerschütterung.

CLÉANTE Herr Argan, ich bin glücklich, daß Sie wieder auf sind und daß es Ihnen besser geht.

TOINETTE *spielt die Zornige.* Wie bitte, besser geht? Das stimmt nicht, Herrn Argan geht's immer schlechter.

CLÉANTE Man spricht davon, es gehe ihm besser, und ich finde, er sieht gut aus.

TOINETTE Was heißt hier: Sieht gut aus? Herrn Argan geht

es hundsmiserabel, und nur die Boshaftigkeit selbst kann behaupten, es gehe ihm besser. Es steht so schlecht wie noch nie.

ARGAN Stimmt.

TOINETTE Er geht, schläft, ißt und trinkt genau wie alle anderen auch, und trotzdem ist er schwer krank.

ARGAN Genau.

CLÉANTE Herr Argan, das tut mir furchtbar leid. Ich komme in Vertretung des Gesangslehrers Ihrer Tochter. Er mußte für ein paar Tage verreisen und schickt mich, seinen engsten Freund, ihn zu vertreten, damit die Stunden weitergehen, damit Ihre Tochter durch eine Unterbrechung nicht verlernt, was sie schon kann.

ARGAN Ausgezeichnet. *Zu Toinette.* Ruf Angelika.

TOINETTE Ich glaube, es ist besser, Herr Argan, ich bringe den Herrn zu ihr.

ARGAN Nein, bring sie her.

TOINETTE Er kann ihr doch keine richtige Stunde geben, wenn sie nicht für sich sind.

ARGAN Er kann.

TOINETTE Herr Argan, denken Sie an Ihre Nerven, in Ihrem Zustand genügt ein Nichts, Sie umzuwerfen, und schon haben Sie die Gehirnerschütterung weg.

ARGAN Papperlapapp, ich liebe Musik, sie tut mir gut...

Angelika kommt.

ARGAN Ach! Da ist sie ja. *Zu Toinette.* Geh' und schau, ob meine Frau schon angezogen ist.

Dritte Szene

ARGAN · ANGELIKA · CLÉANTE

ARGAN Nur her, Tochter. Dein Musiklehrer ist verreist, und hier ist jemand, der ihn vertreten wird.

ANGELIKA *Cléante erkennend.* Mein Gott!

ARGAN Was ist?

ANGELIKA Weil...

ARGAN Weil was! Was bewegt dich so?

ANGELIKA Weil sich hier gerade etwas Erstaunliches ereignet hat, Vater.

ARGAN Wie das?

ANGELIKA Ich habe heute nacht geträumt, ich sei in einer ganz furchtbaren Situation, da erschien mir jemand, der sah aus, genau wie dieser Herr, ich bat ihn um Hilfe, und er befreite mich aus meiner Lage; jetzt komm ich hier herein und seh den von heute nacht, das ist so unerwartet, darum.

CLÉANTE In Ihren Gedanken zu erscheinen, egal, ob Sie wachen oder schlafen, wunderbar! Wie glücklich wäre ich, wenn Sie in Not wären und erlaubten mir, Ihnen beizustehen, es gibt nichts, was ich nicht für Sie...

Vierte Szene

TOINETTE · CLÉANTE · ARGAN · ANGELIKA

TOINETTE *nicht ohne Spott.* Also Herr Argan, ich bin jetzt ganz Ihrer Meinung, ich widerrufe alles, was ich gestern gesagt habe. Die Herren Diafoirus, Vater und Sohn, sind da und wollen empfangen werden. Also das gibt eine Nachkommenschaft, alle Achtung!

Gleich spaziert hier der hübscheste Junge der Welt herein und auch noch der geistreichste. Sagt nicht mehr als zwei Worte, und ich bin hingerissen, Ihre Tochter wird einfach bezaubert sein von ihm.

ARGAN *zu Cléante, der tut, als wolle er gehen.* Dageblieben, junger Mann. Gleich wird meine Tochter zum ersten Mal ihren Zukünftigen sehen.

CLÉANTE Welch eine Ehre, Herr Argan, daß ich bei einer so schönen Begegnung dabei sein darf.

ARGAN Er ist Sohn eines bedeutenden Arztes, die Heirat findet in vier Tagen statt.

CLÉANTE Großartig.

ARGAN Bestellen Sie das dem Musiklehrer meiner Tochter, daß er zur Hochzeit da ist.

CLÉANTE Sie können sich auf mich verlassen.

ARGAN Und Sie selber kommen auch.

CLÉANTE Zuviel der Ehre.

ARGAN Platz gemacht! Da sind sie.

Fünfte Szene

HERR DIAFOIRUS · THOMAS DIAFOIRUS · ARGAN
ANGELIKA · CLÉANTE · TOINETTE · DIENER

ARGAN *legt die Hand an seine Mütze, ohne sie abzunehmen.* Dr. Purgon hat mir verboten, meinen Kopf zu entblößen. Sie sind vom Fach, Sie wissen, warum.

HERR DIAFOIRUS Alle unsere Besuche sind dazu da, den Kranken Hilfe zu bringen, nicht, sie zu inkommodieren.

ARGAN Ich fühle mich, Herr Diafoirus ...

Beide sprechen gleichzeitig, unterbrechen einander und verwirren sich.

HERR DIAFOIRUS Herr Argan, Sie sehen uns hier ...

ARGAN Sehr sehr geehrt ...

DIAFOIRUS Meinen Sohn und mich ...

ARGAN Und bin hoch erfreut...

DIAFOIRUS Wie sehr wir es zu schätzen wissen...

ARGAN Diesen Besuch bei Ihnen gemacht hätte...

DIAFOIRUS Daß Sie die Freundlichkeit haben...

ARGAN Um sie wissen zu lassen...

DIAFOIRUS Uns die Ehre in Aussicht zu stellen...

ARGAN Aber Sie wisen ja, Herr Diafoirus...

DIAFOIRUS Mit Ihrem Hause, Herr Argan...

ARGAN Was es heißt, ein armer Kranker zu sein...

DIAFOIRUS Eine Verbindung einzugehen...

ARGAN Dem nichts übrigbleibt...

DIAFOIRUS Und Sie wissen zu lassen...

ARGAN Als Ihnen zu sagen...

DIAFOIRUS Daß Sie, was unseren Beruf betrifft...

ARGAN Daß er jede Gelegenheit ergreifen wird...

DIAFOIRUS Wie überhaupt in jeder anderen Frage...

ARGAN Sie wissen zu lassen, Herr Diafoirus...

DIAFOIRUS Immer und zu jeder Zeit, Herr Argan...

ARGAN Daß Sie über ihn verfügen können...

DIAFOIRUS Über uns verfügen können...

Er dreht sich um zu seinem Sohn und sagt ihm: Auf, Thomas, vorwärts, jetzt bist du dran. Mach deine Aufwartung.

THOMAS *Schlichtes Gemüt, frisch von der Universität, macht alles falsch und im falschen Augenblick.* Man fängt bei dem Vater an, nicht wahr?

DIAFOIRUS Ja.

THOMAS *zu Argan.* Herr Argan, ich möchte Sie als meinen zweiten Vater begrüßen, respektieren, lieben und verehren, aber diesem zweiten Vater, das wage ich zu sagen, schulde ich mehr als dem ersten. Der erste zeugte mich, aber Sie haben mich gewählt. Er mußte mich nehmen, wie ich war, aber Sie erkennen mich an aus freien Stücken. Ihm habe ich zu danken, daß er sich körperlich eingesetzt hat;

Ihr Einsatz ist geistig; und so sehr das Geistige über dem Körperlichen steht, so sehr fühle ich mich Ihnen verpflichtet, so sehr empfinde ich den Wert dieser künftigen Sohnesschaft, für die ich mich heute im voraus bescheiden und respektvoll bedanken will.

TOINETTE Ein Hoch auf die Universitäten, die sowas hervorbringen.

THOMAS War's gut so, Vater?

DIAFOIRUS Optimal.

ARGAN *zu Angelika.* Hast du schon guten Tag gesagt?

THOMAS *zu Diafoirus* Kuß?

DIAFOIRUS O ja.

THOMAS *zu Angelika.* Frau Argan, ich freue mich, in Ihnen eine Stiefmutter kennenzulernen, die von der Natur alles andere als stiefmütterlich behandelt wurde.

ARGAN *zu Thomas.* Das ist nicht meine Frau, sondern meine Tochter.

THOMAS Und wo ist Ihre Frau?

ARGAN Die kommt gleich.

THOMAS Soll ich warten, Vater, bis sie da ist?

DIAFOIRUS Nur zu, sag, was zu sagen ist.

THOMAS Fräulein Angelika, genau wie die Statue des Memnon einen wunderbaren Ton von sich gibt, sobald sie von der Sonne berührt wurde, genau so durchströmt mich ein süßer Taumel, wenn die Sonne Ihrer Schönheit aufgeht. Und wie die Wissenschaftler feststellen, daß die Blume Heliotrop sich unablässig dem Tagesgestirn nachdreht, genau so wird künftig mein Herz sich den Sternen Ihrer anbetungswürdigen Augen nachdrehen wie nach seinem Pol. Bitte, gestatten Sie, Angelika, daß ich heute dieses Herz als Opfergabe auf dem Altar Ihrer Reize darbringe, dieses Herz, das sich nur reckt und streckt, ein Leben lang Ihr ganz bescheidener, fügsamer und treuer Gefährte und Gatte zu sein. Ende

TOINETTE *ihn verspottend.* Also bitte, das kommt vom Studieren. Da lernt man, sich auszudrücken.

ARGAN *zu Cléante.* Und was meinen Sie dazu?

CLÉANTE Daß das ans Wunderbare grenzt und daß es, wenn der Herr als Arzt so gut ist wie als Redner, ein Vergnügen sein muß, sein Patient zu sein.

TOINETTE Ganz sicher. Das wird ja wunderbar, wenn der so schnell heilt, wie er redet.

ARGAN Also bitte, meinen Sessel jetzt und Sitzgelegenheit für alle. Tochter, du setzt dich dahin. *Die Diener bringen Stühle.*

ARGAN *zu Diafoirus.* Ach, Herr Diafoirus, alle Welt bewundert Ihren Sohn, Sie müssen sehr glücklich sein, einen solchen Sohn zu haben.

DIAFOIRUS Herr Argan, ich sage das nicht, weil ich sein Vater bin, aber ich kann sagen, daß ich allen Grund habe, mit ihm zufrieden zu sein, und daß alle, die ihn kennen, sagen, er sei kein bißchen boshaft. Eine besonders lebhafte Phantasie hatte er nie, noch den sprühenden Witz, den man da und dort antrifft, aber eben das war für mich immer ein Zeichen seines Urteilsvermögens, und ohne das kommt kein Arzt aus. Als Kind war er nie das, was man aufgeweckt und übermütig nennt. Immer war er sanft, friedlich und wortkarg, sagte nie was und ließ sich nie auf irgendwelche Kindereien ein. Es war unendlich mühsam, ihm das Lesen beizubringen, er war neun, aber die Buchstaben konnte er immer noch nicht. Schön, sagte ich zu mir, Bäume, die langsam wachsen, geben das beste Holz. In Marmor graviert sich's schwerer als in Sand, aber was drin ist, hält sich; diese Begriffsstutzigkeit, diese unentflammbare Phantasie beweist, was für ein Urteilsvermögen da heranreift. Als ich ihn auf die Universität schickte, hatte er schwer zu kämpfen, aber er hielt stand, und seine Lehrer lobten seine Ausdauer und seinen Fleiß. Und siehe da, steter Tropfen höhlt den Stein. Er schaffte seine Prüfungen mit Auszeichnung. Und ich kann ohne Überheblichkeit sagen, daß in den zwei Jahren, die er jetzt studiert, keiner soviel Aufsehen erregte in wissenschaftlichen Disputen wie er. Inzwischen fürchtet man ihn schon, und es gibt keinen wissenschaftlichen Disput, bei dem er nicht mit aller Erbitterung das Gegenteil behauptete. Seine Diskussionsführung ist unerbittlich, auf seinen Grundsätzen besteht er wie ein Moslem, von seiner Meinung weicht er keinen Deut, und einen Beweis führt er durch bis in die letzte Ecke der Logik. Aber am meisten gefällt mir an ihm, daß er, meinem Beispiel folgend, bedingungslos am Alten festhält und niemals auch nur hinhörte, wenn die sogenannten Entdeckungen unseres Jahrhunderts ihre Argumente und Erfahrungen aufmarschieren ließen, egal, ob es sich um den Blutkreislauf oder anderes Wissensgut aus dieser Schublade handelt.

THOMAS *zieht eine zusammengerollte Abhandlung aus der Tasche und überreicht sie Angelika.* Ich habe gegen die Kreislauf-Apostel eine Abhandlung geschrieben, die ich mit Erlaubnis des Herrn Vater *zu Argan hin*, wage, dem Fräulein Tochter zu überreichen. In schuldiger Verehrung widme ich Ihnen den Erstling meines Geistes.

ANGELIKA Herr Diafoirus, was soll ich damit, ich hab von sowas keine Ahnung.

TOINETTE *nimmt die Abhandlung.* Nur her damit, sind doch Bilder drin, für hübsche Stiche haben wir immer Platz.

THOMAS Wieder mit Erlaubnis Ihres Herrn Vater lade ich Sie ein, mir demnächst, zu Ihrem Vergnügen, bei der Sezierung einer Frau zuzuschauen, über die ich referieren muß.

TOINETTE Wenn das kein Vergnügen ist! Und da gibt es noch Leute, die führen ihre Geliebte ins Theater. Eine Sezierung ist doch viel spannender.

DIAFOIRUS Übrigens, was die Heirats- und Fortpflanzungsfähigkeiten angeht, versichere ich Ihnen, daß er unter medizinischen Gesichtspunkten nichts zu wünschen übrigläßt, daß an seiner Fruchtbarkeit nicht zu zweifeln ist und daß er durchaus die Anlagen besitzt, gesunde Kinder zu produzieren.

ARGAN Haben Sie nicht daran gedacht, ihm eine Arztstelle am Hof zu verschaffen?

DIAFOIRUS Ehrlich gesagt, ich habe immer gefunden, daß sich unsereins bei den einfachen Leuten besser stellt als bei den Großen der Welt. Die einfachen Leute sind doch prima. Für das, was man tut, muß man keinem Rede und Antwort stehen. Und solange man sich an die Standesregeln hält, kann einem nichts passieren, egal, was passiert. Und bei den Großen, nichts als Unannehmlichkeiten. Kaum sind sie krank, dann wollen sie auch noch, daß ihre Ärzte sie heilen.

TOINETTE Sehr lustig! Ganz schön unverschämt, ausgerechnet von Ihnen geheilt werden zu wollen. Als ob Sie deswegen hingingen, Sie gehen schließlich hin wegen des Honorars und verschreiben ihnen Medikamente, gesund werden müssen sie schon selber

DIAFOIRUS Wahrhaftig, alles hat seine Grenzen.

ARGAN *zu Cléante.* Meister, könnte uns meine Tochter nicht was singen.

CLÉANTE Ganz Ihrer Meinung, Herr Argan, ich hatte auch gerade die Idee, mit Ihrer Tochter zusammen eine Szene aus einem Singspiel aufzuführen, das gerade herausgekommen ist; zur Unterhaltung der Gäste. *Zu Angelika, ihr ein Blatt gebend.* Bitte, Ihre Stimme.

ANGELIKA Meine?

CLÉANTE *leise zu Angelika.* Bitte spielen Sie mit, gestatten Sie, daß ich Ihnen erkläre, worum es geht. *Laut.* Ich habe keine besondere Stimme, aber man wird mich schon verstehen, und Sie werden freundlicherweise bedenken, daß ich ja nur das Fräulein zum Singen bringen muß.

ARGAN Hoffentlich sind die Verse schön.

CLÉANTE Eigentlich handelt es sich um etwas Improvisiertes. Sie hören eine Art Prosagesang oder freie Verse, was eben zwei Menschen hervorbringen, wenn sie sich in all ihrer Leidenschaft und Bedrängnis einmal aussprechen.

ARGAN Ausgezeichnet. Wir sind gespannt.

CLÉANTE *spielt einen Hirten und erklärt seiner Freundin die Geschichte seiner Liebe zu ihr, dann offenbaren sie einander ihre Empfindungen im Gesang.* Zuerst die Handlung: Einer vom Land, im Theater, er ist gespannt, das Stück hat gerade begonnen, plötzlich wird er abgelenkt, durch einen Lärm, ganz in seiner Nähe. Er schaut hin, sieht einen Kerl, der ein Mädchen mit unverschämten Redensarten belästigt. Natürlich fühlt er sich verpflichtet, dem Mädchen beizustehen. Nachdem er's dem Kerl gehörig gegeben hat, geht er zu dem Mädchen hin, sieht ein Geschöpf, mit Augen, so schön, wie er sie noch nie sah, überströmt von Tränen, schöner als alle Tränen der Welt. Er, zu sich: wie kann man bloß etwas so Liebenswertes derart kränken! Und wie unmenschlich, wie roh, von solchen Tränen ungerührt zu sein? Sorgfältig stillt er die Tränen, die er so schön findet. Und das liebenswerte Mädchen bemüht sich ihrerseits, ihm für seine Gefälligkeit zu danken, und zwar so bezaubernd, so zärtlich und so innig, daß der Bursche schmilzt. Und jedes Wort, jeder Blick drückt jetzt nur zu deutlich aus, wie es um ihn steht. Was müßte man tun, um dieser liebenswerten Dankbarkeit würdig zu sein? Was würde man nicht alles tun, welche Mühe und Gefahr nähme man nicht gern auf sich, wenn man dafür auch nur eine Sekunde lang das süße Wohlwollen dieser Seele auf sich zöge. Auf das Theaterstück kann er sich nicht mehr konzentrieren. Aber er bedauert, daß es so kurz ist; sobald es zu Ende ist, wird er von diesem verehrungswürdigen Mädchen getrennt. Von diesem ersten Blick und Augenblick an liebte er sie mit einer Heftigkeit, als kenne er sie schon jahrelang. Sofort spürt er den Trennungsschmerz, die Qual, die kaum Gesehene gleich nicht mehr zu sehen. Er tut, was er kann, um sie wiederzusehen. Tag und Nacht hält er ihr treues Bild in sich wach; aber die strenge Aufsicht, unter der das Mädchen steht, macht alles unmöglich. Die Heftigkeit seiner Liebe verlangt von ihm, dem herrlichen Mädchen, ohne das er nicht mehr leben kann, einen Heiratsantrag zu machen. In einem Briefchen, das sie zu ihm durchschmuggeln kann, erklärt sie ihr Einverständnis. Aber gleichzeitig erfährt er, daß der Vater der Schönen die Heirat mit einem anderen beschlossen hat und daß man die Zeremonie schon vorbereitet. Stellen Sie sich vor, wie schwer das das Herz des armen Burschen trifft. Es ist ein Schmerz, an dem man sterben könnte. Unerträglich die Vorstellung, die, die er liebt, in den Armen eines anderen zu sehen. Seine verzweifelte Liebe bringt ihn auf eine Idee, wie er sich Zutritt verschaffen könnte zum Haus des Mädchens. Er muß wissen, was sie fühlt, sie muß ihm sagen, was ihm blüht. Dort ist genau das im Gange, was er fürchtet. Dort sieht er den Auftritt des erbärmlichen Rivalen, mit dem eine väterliche Laune seinen Liebesplan durchkreuzt. Er sieht ihn triumphieren, diesen lächerlichen Rivalen, an der Seite des geliebten Mädchens, ganz wie der Eroberer, der es geschafft hat. Dieser Anblick macht ihn so wütend, daß er sich kaum noch beherrschen kann. Schmerzvolle Blicke zu seiner Angebeteten hin, Anstand und Anwesenheit des Vaters lassen mehr nicht zu. Aber er kann nicht mehr anders, die Gewalt seiner Empfindung zwingt ihn, ihr das zu sagen: *Cléante singt.*

Kannst du mir kein Zeichen geben,
daß ich wüßte, wie du fühlst!
Grausam, wie du mit mir spielst!
Soll ich sterben? Soll ich leben?

ANGELIKA *antwortet singend.*
Siehst du nicht, wie melancholisch
ich dem Hochzeitstag entgegensehe,
sagt dir das denn nicht genug,
wie traurig ich hier vor dir stehe?

ARGAN Donnerwetter! Das weiß ich ja überhaupt nicht, daß meine Tochter derart flüssig vom Blatt singen kann!

CLÉANTE O liebes Mädchen, du
könnte es sein, daß du
ein bißchen empfindest, wie in mir
alles schreit nach dir?

ANGELIKA Ich habe mich gewehrt. Es war vergeblich.
Ich geb es zu: ich liebe dich.

CLÉANTE Du, das klingt,
du, das singt,
sag's noch mal, daß es die ganze Welt durchdringt!

ANGELIKA Ja, du, ich liebe dich.

CLÉANTE Noch mal, ich glaub's noch nicht.

ANGELIKA Ich liebe dich.

CLÉANTE Bitte, hundertmal, sonst glaub ich's nicht.

ANGELIKA Ich liebe dich, ich liebe dich.
Dich, dich liebe ich.

CLÉANTE So, Welt, jetzt beneide mich!
Keiner ist glücklicher als ich!
Nur noch eins, du,
beunruhigt mich jetzt:
der Rivale, der Rivale...

ANGELIKA Wenn ich den seh, spuck ich gleich Galle,
ich hass ihn, hass ihn, hass ihn wie die Pest.

CLÉANTE Aber dein Vater will dich ihm geben.

ANGELIKA Dann will ich lieber nicht mehr leben, nicht mehr leben, nicht mehr leben.

ARGAN Und was sagt der Vater dazu?

CLÉANTE Er sagt nichts.

ARGAN Ganz schön dumm, dieser Vater, sowas zu dulden, ohne daß er was sagt.

CLÉANTE *will weitersingen.* Oh, meine Liebe...

ARGAN Nein, nein, Schluß jetzt. Diese Szene paßt doch nicht hierher. Der Bursche ist unverschämt, und das Mädchen schamlos. Spricht man so vor seinem Vater. *Zu Angelika.* Laß mal sehen. Aha! Wo ist denn der Text, den du gesungen hast? Da stehen ja nur Noten.

CLÉANTE Wissen Sie nicht, Herr Argan, daß man vor kurzem eine Methode erfunden hat, die Worte mit Noten zu schreiben?

ARGAN Sehr gut. Vielen Dank, Meister. Auf ihre unverschämte Oper hätten wir verzichten können. Auf Wiedersehen.

CLÉANTE Ich glaubte, Sie zu unterhalten.

ARGAN Quatsch unterhält nicht. Oh! Meine Frau.

Sechste Szene

BÉLINE · ARGAN · TOINETTE · ANGELIKA · HERR DIAFOIRUS
THOMAS DIAFOIRUS

ARGAN Liebste, hier ist Doktor Diafoirus' Sohn.

THOMAS *beginnt mit einem Kompliment, das er einstudiert hat, sein Gedächtnis setzt aus und er kann nicht weiter im Text.* Ich freue mich, Frau Argan, in Ihnen eine Stiefmutter kennenzulernen, die von der Natur alles andere als stiefmütterlich behandelt wurde, denn man sieht in Ihrem Gesicht...

BÉLINE Herr Diafoirus, ich bin hocherfreut, daß ich die Gelegenheit habe, Sie kennenlernen zu dürfen.

THOMAS Denn man sieht in Ihrem Gesicht... gnädige Frau, Sie haben mich mitten im Satz unterbrochen, jetzt hab' ich den Faden... den Faden...

DIAFOIRUS Thomas, spar es dir auf für ein anderes Mal.

ARGAN Ach Mammchen, wärst du bloß vorhin da gewesen.

TOINETTE O ja, gnädige Frau, jetzt haben Sie leider den zweiten Vater, die Statue Memnons und die Blume Heliotrop total verpaßt.

ARGAN Also, Tochter, gib dem Herrn die Hand und versprich, ihm eine treue Frau zu sein.

ANGELIKA Vater!

ARGAN Was Vater! Was soll das heißen?

ANGELIKA Bitte, das geht doch alles viel zu schnell. Gib uns wenigstens Zeit, einander kennenzulernen, daß die für eine gute Ehe so nötige Neigung des einen zum anderen in uns erwachen kann.

THOMAS Was mich betrifft, Fräulein Angelika, in mir ist sie schon hellwach, ich brauch auf nichts mehr zu warten.

ANGELIKA Wenn Sie da so schnell sind, Herr Diafoirus, ich bin's eben nicht. Ich muß Ihnen gestehen, daß Ihre Vorzüge auf mich noch nicht den nötigen Eindruck gemacht haben.

ARGAN Dazu ist noch genug Zeit, wenn ihr erst einmal verheiratet seid.

ANGELIKA Bitte, Vater, nicht so schnell, bitte. Die Ehe ist eine Fessel, die man einem Herzen nicht gewaltsam antun darf; und Herr Diafoirus, als vernünftiger Mann, darf um keinen Preis eine Frau wollen, die er nur kriegt durch Zwang.

THOMAS Nego consequentiam, Fräulein Angelika, das heißt, ich bestreite Ihre Folgerung. Ich kann ein vernünftiger

Mann sein und Sie trotzdem aus den Händen Ihres Vaters entgegennehmen.

ANGELIKA Das nenne ich schäbig, die Liebe eines anderen mit Gewalt zu erzwingen.

THOMAS Im Altertum, Fräulein Angelika, gab es den Brauch, daß man die Mädchen, die man heiraten wollte, aus dem Elternhaus entführte, damit es nicht so aussah, als stürzten sie sich freiwillig in die Arme eines Mannes.

ANGELIKA Altertum ist Altertum, wir sind Leute von heute. Dieses Getue ist in unserem Jahrhundert nicht mehr nötig; wenn wir jemanden gern heiraten, kriegt er uns ohne solche Mätzchen. Gedulden Sie sich. Wenn Sie mich lieben, Herr Diafoirus, dann müssen Sie alles wollen, was ich will.

THOMAS Ja, schon, Fräulein Angelika, bis auf das, was meine Liebe anders will.

ANGELIKA Das sichere Zeichen für Liebe ist doch: man fügt sich den Wünschen dessen, den man liebt.

THOMAS Distinguo, Fräulein Angelika, das heißt, ich unterscheide, sobald einem die Geliebte sicher ist, concedo, das heißt ja, aber wo das nicht garantiert ist, nego, das heißt nein.

TOINETTE Da können Sie noch so schön argumentieren, so ein frischgebackener Akademiker bleibt keine Antwort schuldig. Warum wehren Sie sich so und weisen die Ehre zurück, in die medizinische Fakultät einzuheiraten?

BÉLINE Vielleicht hat sie einen anderen im Kopf.

ANGELIKA Und wenn, dann keinen, den Vernunft und anstand nicht erlaubten.

ARGAN So, so! Ich spiele hier wohl den komischen Alten.

BÉLINE Wenn ich du wäre, würde ich sie auf keinen Fall zum Heiraten zwingen, ich weiß genau, was ich täte.

ANGELIKA Ich weiß, Mutter, was du sagen willst, wie gut du es mit mir meinst, weiß ich auch, aber es könnte sein, daß es deinen Ratschlägen nicht beschieden ist, befolgt zu werden.

BÉLINE Das beweist nur, daß ein intelligentes, wohlerzogenes Mädchen wie du darauf pfeift, zu gehorchen und sich dem Wunsche des Vaters zu fügen. Früher war das noch anders.

ANGELIKA Die Pflichten einer Tochter haben Grenzen, Mutter, auch Vernunft und Gesetze gelten nicht für alles.

BÉLINE Du denkst zwar an nichts als ans Heiraten, aber wen du heiratest, das bestimmst ganz allein du!

ANGELIKA Wenn mein Vater mir schon keinen Mann gibt, der mir gefällt, möchte ich ihn wenigstens bitten, mich nicht zu einem zu zwingen, den ich nicht lieben kann.

ARGAN Meine Herren, ich bitte Sie für all das um Entschuldigung.

ANGELIKA Jeder hat so seine Ideen beim Heiraten. Ich, zum Beispiel, möchte nur einen Mann, um ihn wirklich zu lieben, um mich lebenslänglich an ihn zu binden, und deshalb, ich gesteh es, bin ich ein bißchen vorsichtig. Es gibt welche, die heiraten nur, um der Fuchtel ihrer Eltern zu entkommen, damit sie endlich tun können, was sie wollen. Wieder andere, Mutter, betreiben das Heiraten als reines Geschäft, sie heiraten praktisch die Witwenrente, bereichern sich am Tod dessen, den sie heiraten, rennen kaltblütig von Gatte zu Gatte, um sich der Hinterlassenschaften zu bemächtigen. Diese Sorte Frau macht natürlich nicht viel Umstände und schaut nicht so auf die Person.

BÉLINE Du bist ja so redselig heute! Jetzt möchte ich bloß noch wissen, was du eigentlich sagen willst.

ANGELIKA Was soll ich andres sagen wollen als das, was ich sage?

BÉLINE Du bist so blöd, Kindchen, daß es fast nicht mehr zu ertragen ist.

ANGELIKA Liebe Mutter, du möchtest mich gern soweit bringen, daß ich dir auch Unverschämtheiten sage, aber nimm bitte zur Kenntnis: diesen Gefallen tu ich dir nicht.

BÉLINE Deine Frechheit hat nicht ihresgleichen.

ANGELIKA Nur zu, Mutter, nur zu.

BELINE Du mit deinem lächerlichen Hochmut, deiner impertinenten Überheblichkeit, mit der du überall nur noch ein müdes Lächeln hervorrufst.

ANGELIKA Hilft alles nichts, Mutter, du bringst mich nicht aus der Ruhe, mach was du willst. Und damit dir jede Hoffnung vergeht, das, was du willst, zu erreichen, geh ich dir jetzt aus den Augen.

ARGAN *zu Angelika, die geht.* Daß das klar ist, es gibt nur eins: entweder du heiratest innerhalb von vier Tagen Herrn Diafoirus, oder ab ins Kloster. *Zu Béline.* Jetzt quäl dich nicht, ich mach das schon.

BÉLINE Ich bin richtig wütend, daß ich jetzt gehen muß, Liebling, aber ich habe in der Stadt zu tun. Etwas, was ich nicht absagen kann. Bis gleich.

ARGAN Geh nur, Liebste, geh beim Notar vorbei, daß er das erledigt, du weißt schon.

BÉLINE Adieu, Schätzchen.

ARGAN Adieu, Mammchen. Das ist eine Frau, die mich liebt... Nicht zu fassen.

DIAFOIRUS Herr Argan, dann gehen wir auch.

ARGAN Bitte, Herr Diafoirus, wenn Sie mich noch ein bißchen untersuchten.

DIAFOIRUS *nimmt Argans Hand.* Auf, Thomas, nimm die andere Hand des Herrn. Mal sehen, wie du seinen Puls beurteilst. Quid dicis?

THOMAS Na ja, dico: der Puls des Herrn Argan ist der Puls eines Mannes, dem es gar nicht gut geht.

DIAFOIRUS Gut.

THOMAS Fast hart, um nicht zu sagen ganz hart.

DIAFOIRUS Ganz ausgezeichnet.

THOMAS Flach schleppend.

DIAFOIRUS Bene.

THOMAS Aber auch jäh hüpfend.

DIAFOIRUS Optime.

THOMAS Was auf Splenomykose hindeutet, zu deutsch: Milzpilz.

DIAFOIRUS Sehr, sehr gut.

ARGAN Nein. Dr. Purgon sagt, bei mir sei es die Leber.

DIAFOIRUS Aber ja, wer das eine sagt, schließt das andere nicht aus. Aufgrund der engen Beziehung, die sie durch die Pfortader und ebenso durch die Lebergänge haben. Zweifellos hat er Ihnen verordnet, stark Gebratenes zu essen.

ARGAN Nein, nur Gekochtes.

DIAFOIURS Aber ja, gekocht, gebraten, bleibt sich gleich. Vorsichtiger kann man nicht verordnen, Sie sind in den besten Händen.

ARGAN Und bitte, wieviel Salzkörnchen darf man zu einem Ei nehmen?

DIAFOIRUS Sechs, acht, zehn, immer nur gerade Zahlen, wie bei den Medikamenten immer nur ungerade.

ARGAN Auf Wiedersehen, meine Herren.

Siebte Szene

BÉLINE · ARGAN

BÉLINE Schnell noch etwas, Schätzchen, bevor ich gehe, um das du dich kümmern mußt. In Angelikas Zimmer sah ich im Vorbeigehen einen jungen Mann, der, als er mich sah, weglief.

ARGAN Bei meiner Tochter, ein junger Mann?

BÉLINE Ja, die kleine Luise war auch dabei. Frag sie.

ARGAN Schick sie her, Schatz, schick sie her. *Allein.* Das ist ja allerhand! Jetzt wundert mich ihre Bockigkeit überhaupt nicht mehr.

Achte Szene

LUISE · ARGAN

LUISE Was ist Papa? Die Stiefmutter sagt, ich soll kommen.

ARGAN Ja, komm her, näher, dreh dich um, Kopf hoch! Schau mich an. He!

LUISE Ja, Papa?

ARGAN Also.

LUISE Was?

ARGAN Hast du mir nichts zu erzählen?

LUISE Ich könnte dir, wenn es dir langweilig ist, die Geschichte von der Eselshaut erzählen, oder die vom Raben und vom Fuchs, die wir gerade durchnehmen.

ARGAN Nein, ich will etwas anderes

LUISE Was denn?

ARGAN Raffiniertes Ding, du weißt genau, was ich will.

LUISE Entschuldigung, Papa.

ARGAN Das ist also dein Gehorsam?

LUISE Was?

ARGAN Hab ich dir nicht geraten, mir alles, was du siehst, sofort zu sagen?

LUISE Doch, Papa.

ARGAN Und hast du das getan?

LUISE Ja, Papa. Ich habe dir immer alles gesagt.

ARGAN Und heute hast du nichts gesehen?

LUISE Nein, Papa.

ARGAN Nein?

LUISE Nein, Papa.

ARGAN Sicher nicht?

LUISE Sicher.

ARGAN Ich werde dir die Augen öffnen. *Er holt einen Stock.*

LUISE Papa!

ARGAN Du, du, kleines Biest. Und was ist mit dem Mann im Zimmer deiner Schwester?

LUISE *weinend.* Papa!

ARGAN *packt Luise am Arm.* Dir bring ich's Lügen bei.

LUISE *wirft sich auf die Knie.* Oh! Papa, ich bitte dich um Entschuldigung. Meine Schwester sagte, ich soll dir nichts sagen; aber jetzt sag ich dir alles.

ARGAN Erst die Schläge fürs Lügen, dann sehen wir weiter.

LUISE Bitte, bitte, Papa.

ARGAN Nein, nein.

LUISE Lieber Papa, keine Schläge.

ARGAN O doch.

LUISE Lieber Gott, lieber Papa, bitte nicht.

ARGAN *packt sie, um sie zu schlagen.* Komm jetzt!

LUISE O Papa, du hast mich verletzt, jetzt schau, ich bin tot. *Sie stellt sich tot.*

ARGAN O je! Was ist das! Luise, Luise! Mein Gott! Luischen! Oh mein Kind! O wie furchtbar. Mein liebes Töchterchen tot! Was hab ich bloß getan, ich Unglücklicher, o elender Stock! Oh, mein Kind, mein armes kleines Luischen.

LUISE Jetzt heul nicht gleich so, Papa, in Wirklichkeit bin ich doch gar nicht tot.

ARGAN Da schau her, sowas von durchtrieben. Na warte! Diesmal kommst du noch davon, vorausgesetzt, du sagst mir wirklich alles.

LUISE O ja, Papa.

ARGAN Paß aber ja auf, ich habe da so einen kleinen Finger, der alles weiß, der sagt mir, wenn du lügst.

LUISE Aber nicht der Schwester sagen, daß ich es dir gesagt habe, Papa.

ARGAN Nein, nein.

LUISE *nachdem sie sich umgesehen hat, ob auch niemand zuhört.* Ich war in Angelikas Zimmer, da kam ein Mann herein.

ARGAN Und?

LUISE Ich fragte ihn, was er will, und er sagt, er sei ihr Gesangslehrer.

ARGAN *für sich.* Hm. Da haben wir's. *Zu Luise.* Und?

LUISE Dann kam Angelika.

ARGAN Und dann?

LUISE Sie sagte: Geh, geh, geh! Mein Gott! Geh! Du bringst mich zur Verzweiflung.

ARGAN Und dann?

LUISE Aber er, er wollte nicht gehen.

ARGAN Was hat er gesagt?

LUISE O so viel, wenn ich das noch wüßte.

ARGAN Was zum Beispiel?

LUISE Er sagte andauernd, daß er sie möge und daß sie die schönste Frau der Welt sei.

ARGAN Und dann?

LUISE Dann kniete er nieder.

ARGAN Und dann?

LUISE Und dann küßte er ihr die Hände.

ARGAN Und dann?

LUISE Und dann kam die Stiefmutter, und er rannte davon.

ARGAN Weiter war nichts?

LUISE Nein, Papa.

ARGAN Aber mein kleiner Finger murmelt noch was. *Er hält seinen Finger ans Ohr.* Moment. Ach! Ah, aha, oh, oh! Da sagt mir doch mein kleiner Finger etwas, was du gesehen, aber nicht gesagt hast.

LUISE O Papa, dein kleiner Finger ist ein Lügner.

ARGAN Nimm dich in acht.

LUISE Nein, Papa, glaub ihm nicht, er lügt, ich schwör's.

ARGAN Gut, gut! Wir werden sehen. Geh jetzt! Und halte ja die Augen offen. Los ab! *Allein.* Was sind das für Kinder. Um alles muß man sich kümmern. Ich habe nicht mal mehr die Zeit, in Ruhe an meine Krankheit zu denken. Also wirklich, ich kann nicht mehr.

Er setzt sich wieder in den Sessel.

DRITTER AKT

Erste Szene

BÉRALDE · ARGAN · TOINETTE

BÉRALDE Na, Bruder! Wie geht's uns denn jetzt?

ARGAN O je, Bruder, miserabel.

BÉRALDE Warum miserabel?

ARGAN Ich bin so sterbensschwach, man glaubt es nicht.

BÉRALDE Das klingt aber gar nicht gut.

ARGAN Ich habe kaum mehr die Kraft zum Sprechen.

BÉRALDE Ich komme, weil ich dir eine Partie für Angelika vorschlagen möchte.

ARGAN *heftig, aufstehend.* Bruder, sprich mir nicht von diesem Biest. Sowas Durchtriebenes, Unverschämtes, Gemeines! Die steck ich ins Kloster, und zwar so schnell wie möglich.

BÉRALDE Oh! Prima, ich bin sehr froh, daß du wieder zu Kräften kommst und daß dir mein Besuch so guttut.

ARGAN Bin gleich zurück.

TOINETTE Halt, Herr Argan, Sie vergessen, daß Sie ohne Stock gar nicht gehen können.

ARGAN Stimmt.

Zweite Szene

BÉRALDE · TOINETTE

TOINETTE Lassen Sie Ihre Nichte ja nicht im Stich.

BÉRALDE Ich tu alles, daß sie kriegt, was sie will.

TOINETTE Diese spinnige Heirat, die er sich in den Kopf gesetzt hat, muß unbedingt verhindert werden! Am besten, wir brächten einen Arzt ins Spiel, der ihm seinen Dr. Purgon vermiest und ihm zeigt, was er an dem hat. Aber weil ich dergleichen nicht an der Hand habe, habe ich mir was anderes ausgedacht.

BÉRALDE Was?

TOINETTE Was ganz Verrücktes. Das bringt vielleicht mehr als alle Vernunft. Lassen Sie mich nur machen und spielen Sie brav mit.

Dritte Szene

ARGAN · BÉRALDE

BÉRALDE Das Wichtigste, Bruder, reg dich jetzt nicht auf.

ARGAN Einverstanden.

BÉRALDE Und gib nicht gleich bissige Antworten auf alles.

ARGAN Ja.

BÉRALDE Wir wollen jetzt alles in aller Ruhe miteinander besprechen.

ARGAN Mein Gott! Ja. Jetzt fang schon an.

BÉRALDE Wie kommt das, Bruder, daß ein so wohlhabender Mann wie du, der nur eine Tochter hat – denn die Kleine zähl ich noch nicht mit –, woher kommt das, frag ich, daß du sie ins Kloster stecken willst?

ARGAN Wie kommt das, Bruder, daß ich Herr in meiner eigenen Familie bin und tue, was ich für richtig halte?

BÉRALDE Deine Frau ist sicher sehr dafür, die Mädchen auf diese Weise loszuwerden, und aus rein christlicher Nächstenliebe freut sie sich drauf, die beiden als nette Nonnen zu sehen.

ARGAN Bitte, da haben wir's. Gleich geht's auf die arme Frau los. Sie ist schuld an allem, und jeder hackt auf sie ein.

BÉRALDE Nein, Bruder, nichts gegen sie. Niemand kann es besser mit deiner Familie meinen als sie, nichts ist ihr so fremd wie Eigennutz, und ihre Zärtlichkeit zu dir ist wunderbar, und ihre Liebe und Güte zu deinen Kindern übersteigt jeden Begriff, aber ja! So, und jetzt zur Tochter. Warum gibst du sie einem Mediziner?

ARGAN Um mir den Schwiegersohn zu geben, den ich brauche, darum, Bruder.

BÉRALDE Das hat doch mit deiner Tochter nichts zu tun, Bruder. Es gäb doch eine viel bessere Partie für sie.

ARGAN Aber nicht für mich, Bruder.

BÉRALDE Für wen soll denn der Mann sein, den sie nimmt, für sie oder für dich?

ARGAN Sowohl als auch. Und ich will Leute in die Familie, die ich brauchen kann.

BÉRALDE Dann gibst du die Kleine, wenn es soweit ist, am besten einem Apotheker.

ARGAN Warum nicht?

BÉRALDE Das heißt, du willst für immer Ärzte und Apotheker um dich scharen und krank sein, der ganzen Welt zum Trotz.

ARGAN Wie meinst du das, Bruder?

BÉRALDE Ich meine, Bruder, daß ich keinen kenne, der so wenig krank ist wie du und daß ich deine Konstitution haben möchte. Ein sicheres Zeichen dafür, daß es dir gut geht und daß du rundum gesund bist, sehe ich schon darin, daß du es, trotz aller Mühe, die du dir gibst, noch nicht geschafft hast, deine gute Konstitution zu ruinieren, und daß du noch nicht eingegangen bist, trotz aller Medikamente, mit denen sie dich vollstopfen.

ARGAN Aber genau die halten mich am Leben, Bruder! Wenn er sich drei Tage nicht um mich kümmern würde, sagt Dr. Purgon, wäre es aus mit mir.

BÉRALDE Wenn du nicht aufpaßt, kümmert er sich noch so sehr um dich, daß er dich ins Jenseits befördert.

ARGAN Ganz ruhig jetzt, Bruder, du glaubst also kein bißchen an die Medizin?

BÉRALDE Nein, Bruder, und ich glaube auch nicht, daß das zu meinem Heil nötig ist.

ARGAN Also etwas von allen Anerkanntes, von allen Jahrhunderten Bestätigtes, das bestreitest du einfach, ja?

BÉRALDE Ich bestreite es nicht nur, ich halte das, unter uns gesagt, für den größten Blödsinn, den es gibt. Und, philosophisch gesprochen, gibt es nichts, was so komisch und lächerlich ist wie ein Mensch, der auftritt, einen anderen zu heilen.

ARGAN Warum soll ein Mensch einen anderen nicht heilen können, Bruder?

BÉRALDE Einfach weil wir über die Antriebskräfte der Natur immer noch nichts wissen, weil die Natur uns einen Schleier vor die Augen gehängt hat, durch den wir nichts erkennen können.

ARGAN Du behauptest also, die Ärzte wissen rein nichts.

BÉRALDE Sie sind fast immer sehr gebildet, ihr Latein ist wunderbar, sie können dir jede Krankheit bestimmen, klassifizieren und griechisch benennen, bloß wenn's ans Heilen geht – aus.

ARGAN Aber daß sie von dieser Materie mehr verstehen als andere, muß man ihnen lassen.

BÉRALDE Was sie verstehen, hab ich dir gesagt, zum Heilen reicht's nicht, das ganze Wunder ihrer Kunst ist nichts als ein bombastischer Kauderwelsch, eine professionelle Suada, statt Einsichten Phrasen, statt Heilung schöne Reden.

ARGAN Und trotzdem, lieber Bruder, Leute, so klug und weise wie du, und wohin rennen sie, sobald sie was spüren, zu den Ärzten.

BÉRALDE Das ist ein Beweis für die Schwäche der Menschen, nicht für die Stärke der Medizin.

ARGAN Aber die Ärzte selber müssen doch an ihre Kunst glauben, sonst könnten sie ihr wohl kaum dienen.

BÉRALDE Manche verfallen zwar dem Irrglauben, von dem

sie profitieren, andere profitieren davon, ohne ihm zu verfallen. Dein Doktor Purgon, zum Beispiel, ist total arglos, Mediziner durch und durch. Der hält seine Regeln für wahrer als alle Beweise der Mathematik; sie zu prüfen – ihm wär's ein Verbrechen. Für ihn gibt es in der Medizin nichts Unentdecktes, nichts Zweifelhaftes, nichts Schwieriges, mit rücksichtsloser Voreingenommenheit, mit unbeeindruckbarer Zuversicht, mit der ganzen Brutalität des gesunden Menschenverstandes verordnet er ohne jede Hemmung und kreuz und quer, ganz nach Routine. Nichts, was er dir tut, meint er böse. Mit den besten Absichten der Welt erledigt er dich; und, dich umbringend, tut er nichts, was er nicht auch seiner Frau und seinen Kindern tat und, falls nötig, sich selbst tun würde.

ARGAN Du hast einfach was gegen ihn, Bruder. Aber kommen wir endlich zur Sache. Was soll man denn tun, wenn man krank ist?

BÉRALDE Nichts, Bruder.

ARGAN Nichts?

BÉALDE Nichts. Nur ruhig bleiben sollte man. Die Natur, wenn wir sie nur machen lassen, findet aus dem Durcheinander, in das sie geraten ist, ganz allein heraus. Es ist unsere Hast und Ungeduld, die alles verdirbt, fast alle sterben an ihren Arzneien, nicht an ihren Krankheiten.

ARGAN Gib wenigstens zu, daß man die Natur unterstützen kann, durch gezielte Maßnahmen.

BÉRALDE Mein Gott, Bruder, das sind reine Einbildungen, die wir hätscheln. Seit jeher geistern in unseren Köpfen schöne Phantasien, die wir nur zu gerne für wahr halten, weil sie uns schmeicheln und weil man nur zu sehr wünscht, sie wären wahr. Wenn ein Arzt davon spricht, der Natur nachzuhelfen, sie zu unterstützen, ihr alles Schädliche zu entziehen, ihr zu geben, was ihr fehlt, und ihre volle Funktionsfähigkeit wieder herzustellen, wenn er davon spricht, das Blut zu reinigen, das Gedärm zu entspannen, die Milz abzuschwellen, die Brust zu erleichtern, die Leber zu entgiften, das Herz zu stärken, die Körperwärme zu regulieren, zu stabilisieren, und daß er das Geheimnis kenne, das Leben zu verlängern, dann erzählt er dir haargenau den Roman der Medizin. Aber in Wirklichkeit, in der Praxis, ist alles ganz anders. Du kennst ja die herrlichen Träume, von denen nachher nichts bleibt als das Unbehagen, sie für wirklich gehalten zu haben.

ARGAN Das heißt, alles Wissen der Welt hast du in deinem Kopf, und du verstehst mehr davon als alle großen Ärzte dieses Jahrhunderts.

BÉRALDE Theorie und Praxis, das klafft ganz schön auseinander bei deinen großen Ärzten. Solange sie reden, sind die unübertrefflich, sobald sie handeln, gibt es niemand Unfähigeren als sie.

ARGAN Ja, ja! Du bist offenbar ein ganz großer Artist! Wenn bloß einer dieser Herren da wäre, um deine Kritteleien abzuschmettern und dir den Mund zu stopfen.

BÉRALDE Ich bin überhaupt nicht scharf darauf, die Medizin zu bekämpfen, soll doch jeder auf eigene Gefahr und Kosten glauben, was er will. Das, was ich darüber sage, sage ich nur zu dir. Ich möchte dich einfach aus deinem Irrglauben herausreißen und dich zu deiner Entspannung in eine Molièrekomödie über dieses Thema mitnehmen.

ARGAN Ganz schön unverschämt, dein Molière, mit seinen Komödien. Wirklich sehr witzig, so anständige Menschen wie Mediziner lächerlich zu machen.

BÉRALDE Er macht doch nicht die Mediziner lächerlich, sondern die Lächerlichkeit der Medizin.

ARGAN Ganz und gar seines Amtes, sich als der Richter der Medizin aufzuspielen! Sowas von niveaulos und unverschämt. Sich über Sprechstunden und Verordnungen lustig zu machen, über die gesamte Ärzteschaft herzuziehen und so achtbare Personen wie diese Herren auf die Bühne zu bringen.

BÉRALDE Was soll er denn sonst auf die Bühne bringen, wenn nicht die verschiedenen Berufe der Menschen? Jeden Tag sieht man da Prinzen und Könige auf der Bühne, die aus so gutem Hause sind wie die Ärzte.

ARGAN Zum Teufel mit ihm! Wenn ich Arzt wäre, würde ich mich ganz schön rächen für seine Unverschämtheit. Sobald er krank wäre, ließe ich ihn einfach sterben. Er könnte machen, was er wollte, ich würde ihm nicht den klitzekleinsten Aderlaß, nicht die klitzekleinste Spülung verordnen und zu ihm sagen: Krepiere, krepiere! Das wird dich lehren, dich noch ein weiteres Mal lustig zu machen über die Fakultät.

BÉRALDE Du bist ganz schön wütend auf ihn.

ARGAN Dieses Schandmaul. Wenn die Ärzte klug sind, tun sie, was ich gesagt habe.

BÉRALDE Er wird noch klüger sein als deine Ärzte und sie gar nicht erst um ihre Hilfe bitten.

ARGAN Um so schlimmer für ihn, von allen Medikamenten verlassen.

BÉRALDE Er weiß, warum er die Medikamente scheut. Er behauptet, die sind nur für so robuste, widerstandsfähige Leute, die soviel überschüssige Kraft haben, neben der Krankheit auch noch die Medikamente auszuhalten. Er aber hat gerade soviel Kraft, daß er seine Krankheit aushält.

ARGAN Was für eine stumpfsinnige Spitzfindigkeit. Bitte, Bruder, kein Wort mehr über diesen Menschen, es regt mich zu sehr auf. Ich fürchte einen Rückfall.

BÉRALDE Nur zu gern, Bruder; und, um das Thema zu

wechseln, möchte ich dir sagen, daß du gegen deine Tochter wegen einer kleinen Widersetzlichkeit nicht so rabiat vorgehen mußt. Ins Kloster! Bei der Wahl eines Schwiegersohns soll man sich nicht blind von seinen Leidenschaften fortreißen lassen, bei so etwas hat man sich ein bißchen nach der Neigung der Tochter zu richten, schließlich steht das Glück einer Ehe auf dem Spiel, und die dauert ein Leben lang.

Vierte Szene

HERR FLEURANT, *eine Spritze in der Hand*

ARGAN · BÉRALDE

ARGAN Oh! Mein Bruder, du erlaubst.

BÉRALDE Ja wie! Was willst du tun?

ARGAN Bloß eine kleine Spülung. Das hat sich gleich.

BÉRALDE Das ist nicht dein Ernst. Hältst du es keinen Augenblick aus ohne Spülung, ohne Medizin? Verschieb's! Gönn dir ein bißchen Ruhe.

ARGAN Herr Fleurant, dann heute abend oder morgen früh.

FLEURANT *zu Béralde.* Wie kommen Sie dazu, sich einzumischen, sich ärztlichen Verordnungen zu widersetzen und Herrn Argan vom Klistier abzuhalten. Geradezu amüsant, so eine Frechheit.

BÉRALDE Hören Sie auf, mein Herr. Ich sehe schon, mit Persönlichkeiten haben Sie nicht oft zu tun.

FLEURANT Witze machen über Heilmittel! Mir meine Zeit stehlen! Ich bin hier im Dienste einer wohlüberlegten Rezeptur und ich werde Dr. Purgon melden, wie man mich hier hinderte, seine Anweisungen zu exekutieren. Sie werden sehen, Sie werden schon sehen ...

ARGAN Bruder, du richtest hier ein Unglück an.

BÉRALDE Das entsetzliche Unglück: eine von Dr. Purgon

verordnete Spülung unterbleibt. Noch einmal, Bruder: gibt es denn kein Mittel, dich von der Ärztesucht zu heilen, willst du denn wirklich dein ganzes Leben als Tablettensklave verbringen?

ARGAN Ach Gott! Bruder, so spricht man, wenn einem nichts fehlt. An meiner Stelle würdest du nicht so reden, das sag ich dir. Es ist leicht, gegen die Medizin zu wettern, wenn man kerngesund ist.

BÉRALDE Aber was fehlt dir denn?

ARGAN Du machst mich rasend. Wenn du meine Krankheit hättest! Dann möchte ich dich hören! Oh! Dr. Purgon.

Fünfte Szene

DR. PURGON · ARGAN · BÉRALDE · TOINETTE

PURGON Schöne Neuigkeiten, die mir da zu Ohren kommen. Man macht sich lustig über meine Rezepte, man weigert sich, die Mittel zu nehmen, die ich verschreibe.

ARGAN Doktor, das ist nicht...

PURGON Ganz schön kühn, dieser jähe Aufstand eines Kranken gegen seinen Arzt.

TOINETTE Einfach entsetzlich!

PURGON Dieser Einlauf, den ich auch noch selbst komponierte.

ARGAN Doktor, das ist nicht meine...

PURGON Erdacht und gemischt, nach allen Regeln der Kunst.

TOINETTE So eine Brüskierung!

PURGON Wie wunderbar hätte das auf die Gedärme gewirkt.

ARGAN Bruder, Bruder...

PURGON Und sowas wird verachtet und verschmäht.

ARGAN *zeigt auf Béralde.* Er war's.

PURGON Ein befremdlicher Vorgang.

TOINETTE Aber wirklich.

PURGON Ein ungeheuerlicher Anschlag auf die Medizin.

ARGAN *zeigt auf Béralde.* Er ist schuld.

PURGON Das ist Fakultätsbeleidigung, dafür ist keine Strafe hart genug.

TOINETTE Richtig.

PURGON Ich erkläre Ihnen hiermit, daß ich den Verkehr mit Ihnen abbreche

ARGAN Mein Bruder war's...

PURGON Daß ich mit Ihnen keinerlei Verbindung mehr anstrebe.

TOINETTE Völlig richtig.

PURGON Hier, das ist die Schenkungsurkunde für meinen Neffen, gedacht für die Hochzeit, damit zerschneide ich jedes Band zwischen uns.

ARGAN Mein Bruder, der ist an allem schuld.

PURGON Meinen Einlauf verachten!

ARGAN Lassen Sie in holen, ich bin bereit.

PURGON Jetzt, wo ich Sie gleich aus dem Schlimmsten herausgehabt hätte.

TOINETTE Er verdient es nicht.

PURGON Ich hatte Ihren Körper fast schon völlig entschlackt, ihm nahezu alle Gifte entzogen.

ARGAN Oh, Bruder.

PURGON Noch ein paar Mittel, und wir hätten's gehabt.

TOINETTE Sie sorgen sich um einen Unwürdigen.

PURGON Aber, da Sie von mir nicht geheilt werden wollen...

ARGAN An mir liegt es nicht.

PURGON Da Sie das Vertrauen, das der Arzt erwarten darf, gebrochen haben...

TOINETTE Das wird sich rächen.

PURGON Da Sie sich empören gegen die Medikamente, die ich Ihnen verschreibe...

ARGAN Überhaupt nicht!

PURGON Muß ich Ihnen sagen, daß ich Sie Ihrer schlechten Konstitution überlasse, dem Chaos Ihrer Gedärme, dem Zerfall ihres Blutes, der Aggressivität Ihrer Galle und der Verdorbenheit Ihrer Säfte.

TOINETTE Goldrichtig.

ARGAN Mein Gott.

PURGON Und ich sage Ihnen, daß Sie innerhalb von vier Tagen das Stadium der Unheilbarkeit erreicht haben werden.

ARGAN Oh! Erbarmen.

PURGON Zuerst führt die Bradypepsie zur Obstipation.

ARGAN Dr. Purgon.

PURGON Nach der Bradypepsie die Gärungsdyspepsie.

ARGAN Dr. Purgon

PURGON Von der Gärungsdyspepsie zur Fäulnisdyspepsie.

ARGAN Dr. Purgon.

PURGON Von der Fäulnisdyspepsie zur Seifendyspepsie.

ARGAN Dr. Purgon.

PURGON Von der Verseifung zur Darmlähmung.

ARGAN Dr. Purgon.

PURGON Und schließlich die Ileïtis terminalis, der Darmverschluß, auch Strangulations-Ileïtis genannt.

ARGAN Dr. Purgon.

PURGON Das bedeutet Koterbrechen bis zum Tod. Das haben Sie Ihrer Naivität zu verdanken.

Sechste Szene

ARGAN · BÉRALDE

ARGAN O mein Gott! Ich sterbe, Bruder, du hast mich ruiniert.

BÉRALDE Wie! Was hast du?

ARGAN Ich kann nicht mehr. Ich spüre schon, wie die Medizin sich rächt.

BÉRALDE Mein Gott! Du spinnst. Bloß gut, daß dich niemand so sieht. Jetzt überleg doch bitte, komm wieder zu dir, laß dich doch nicht so hinreißen von deinen Einbildungen.

ARGAN Du hast doch gehört, was für furchtbare Krankheiten er mir androht.

BÉRALDE Du bist wirklich naiv!

ARGAN Unheilbar, in vier Tagen!

BÉRALDE Laß ihn doch reden! Ist er ein Prophet? Du tust, als sei dein Lebensfaden in den Händen von Dr. Purgon, als könne er dein Leben verlängern oder verkürzen, ganz nach Belieben. Vergiß nicht, dein Leben liegt in deiner Hand. Dr. Purgons Zorn kann dich so wenig töten, wie dich seine Mittel am Leben erhalten können. Das ist die Gelegenheit, wenn du willst, dich von den Ärzten zu befreien; oder du nimmst, wenn du ohne nicht auskommst, einen anderen, weniger gefährlichen.

ARGAN Bruder, er kennt mich innen und außen, er weiß, wie man mich behandeln muß.

BÉRALDE Also wirklich, wie du dich von Vorurteilen beherrschen läßt, und genauso willkürlich sind deine Ansichten

Siebte Szene

TOINETTE · ARGAN · BÉRALDE

TOINETTE *zu Argan.* Herr Argan, ein Arzt, der Sie sprechen will.

ARGAN Was für ein Arzt?

TOINETTE Ein Heilkünstler der Heilkunst!

ARGAN Aber wer?

TOINETTE Ich kenne ihn nicht; aber er gleicht mir wie ein Ei dem anderen, und wenn meine Mutter nicht eine so anständige Frau gewesen wäre, müßte ich ihn für einen kleinen Bruder halten, den sie mir nach dem Hinscheiden meines Vaters bescherte.

ARGAN Laß ihn herein.

BÉRALDE Das läuft ja ganz nach Wunsch! Ein Arzt geht, der nächste kommt.

ARGAN Ich habe Angst, daß du was Schlimmes angerichtet hast.

BÉRALDE Immer noch! Du kommst nicht los davon.

ARGAN Schau, mir gehen all diese Krankheiten im Kopf herum, die auf mich zukommen...

Achte Szene

TOINETTE, *als Arzt verkleidet* · ARGAN
BÉRALDE

TOINETTE Gestatten Sie, daß ich Sie besuche und Ihnen meine bescheidenen Dienste anbiete, falls Sie ärztliche Hilfe benötigen.

ARGAN Herr Doktor, ich habe Ihnen zu danken. *Zu Béralde.* Meine Güte! Toinette Nr. 2.

TOINETTE Herr Argan, bitte entschuldigen Sie mich, ich habe vergessen, meinem Diener einen Auftrag zu geben. Ich bin gleich wieder da.

ARGAN He! Ist das Toinette oder nicht?

BÉRALDE Die Ähnlichkeit ist verblüffend, das stimmt. Aber dergleichen kommt vor. Wie oft hört man von solchen Launen der Natur.

ARGAN Also ich bin wirklich überrascht und ich...

Neunte Szene

ARGAN · BÉRALDE · TOINETTE · *Toinette zieht ihre Arztkleidung so schnell aus, daß man kaum glaubt, daß sie als Arzt verkleidet war.*

TOINETTE Was wollen Sie, Herr Argan?

ARGAN Was?

TOINETTE Haben Sie nicht gerufen?

ARGAN Ich? Nein.

TOINETTE Dann müssen es meine Ohren sein, die geklungen haben.

ARGAN Bleib noch, damit wir sehen, wie der Arzt dir gleicht.

TOINETTE *geht weg und sagt.* Also wirklich! Ich habe unten zu tun und habe ihn lange genug gesehen.

ARGAN Solange ich sie nicht beide sehe, halte ich sie für ein und denselben.

BÉRALDE Ich habe schon ganz Unglaubliches gelesen über solche Ähnlichkeiten, es gab in letzter Zeit Beispiele von Ununterscheidbarkeit

ARGAN Also in diesem Fall hätte ich mich tatsächlich getäuscht. Ich hätte geschworen, das ist ein und dieselbe Person.

Zehnte Szene

TOINETTE *als Arzt* · ARGAN · BÉRALDE

TOINETTE Herr Argan, ich muß sehr um Ihr Verständnis bitten.

ARGAN *leise, zu Béralde.* Das ist doch phantastisch.

TOINETTE Bitte, begreifen Sie, die Neugier, einen so berühmten Kranken zu sehen, war einfach zu groß. Daß man überall von Ihnen spricht, das allein kann mein Eindringen entschuldigen.

ARGAN Aber bitte, mein Herr, Sie sind willkommen.

TOINETTE Ich sehe, daß Sie mich gewissermaßen prüfend betrachten. Was glauben Sie, wie alt ich bin?

ARGAN Sie? Sagen wir sechsundzwanzig, höchstens siebenundzwanzig.

TOINETTE Oh, oh, oh, oh, oh! Neunzig!

ARGAN Neunzig?

TOINETTE Jawohl. Und daß ich noch so frisch und kräftig vor Ihnen stehe, ist nichts als die Wirkung meiner eigensten Wissenschaft.

ARGAN Donnerwetter. Ein hübscher jugendlicher Greis von neunzig Jahren.

TOINETTE Ich bin ein Arzt, der viel herumkommt, und überall, wo ich hinkomme, interessiere ich mich für spektakuläre Fälle, für Fälle, wo es wirklich drauf ankommt, das heißt, ich bin unterwegs nach Kranken, bei denen es wieder sinnvoll ist, Arzt zu sein, wo ich all die großen und schönen Entdeckungen, die ich als Mediziner machen durfte, praktisch verwerten kann. Ich habe eigentlich keine Lust, mich mit den ordinären Wehwehchen à la Schluckauf, Schnupfen und Migräne abzugeben. Ich bin mehr für Krankheiten von Format. Ein Fieber, das nicht mehr herunter will und schon das Gehirn affiziert, eine richtige Lungenentzündung, ein richtiges Darmgeschwür, eine richtige nasse Rippfellentzündung, sowas zieht mich an, einfach um zu zeigen, was man heute können kann. Das heißt, Herr Argan, am besten wäre es, was mich betrifft, wenn Sie alle Krankheiten hätten, die ich gerade aufzählte, wenn alle Ärzte Sie schon aufgegeben hätten, wenn Sie verzweifelt wären, an der Schwelle zur Agonie, dann könnte ich Ihnen zeigen, was meine Kunst vermag und wie sehr ich wünschte, Ihnen nützlich zu sein.

ARGAN Vielen Dank, mein Herr, für soviel Hilfsbereitschaft.

TOINETTE Dürfte ich Ihren Puls fühlen, bitte. Na, na, jetzt schlagen wir mal schön ordentlich aus. He, he, sowas von einem selbstherrlichen Puls. Den werd ich ganz schön rannehmen. Der wird mich kennenlernen. Wer ist Ihr Arzt?

ARGAN Dr. Purgon.

TOINETTE Ich fürchte, ich habe noch nie gehört von ihm. Seine Diagnose?

ARGAN Er sagt: die Leber. Andere sagen: die Milz.

TOINETTE Ignoranten. Alle. Es ist die Lunge.

ARGAN Die Lunge?

TOINETTE Ja. Was spüren Sie?

ARGAN Kopfweh. Immer wieder.

TOINETTE Ich sag es doch: die Lunge.

ARGAN Manchmal ist es, als hätte ich einen Schleier vor den Augen.

TOINETTE Die Lunge.

ARGAN Oft spür ich es auch am Herz.

TOINETTE Die Lunge.

ARGAN Dann spür ich wieder eine Abgespanntheit in allen Gliedern.

TOINETTE Die Lunge.

ARGAN Auch im Bauch treten die Schmerzen auf, kolikartig.

TOINETTE Die Lunge. Sie essen mit Appetit.

ARGAN Ja.

TOINETTE Die Lunge. Sie trinken gern ein Gläschen Wein?

ARGAN Ja, doch.

TOINETTE Die Lunge. Nach den Mahlzeiten werden Sie ein bißchen schläfrig und freuen sich auf ein Nickerchen?

ARGAN Ja.

TOINETTE Die Lunge, ich sag es doch, es ist die Lunge. Welche Ernährung empfiehlt Ihr Arzt?

ARGAN Suppe.

TOINETTE Ein Ignorant.

ARGAN Geflügel...

TOINETTE Ignorant.

ARGAN Kalbfleisch...

TOINETTE Ignorant.

ARGAN Brühe...

TOINETTE Ignorant.

ARGAN Weiche Eier.

TOINETTE Ignorant.

ARGAN Abends Dörrobst für den Stuhl.

TOINETTE Ignorant.

ARGAN Und den Wein natürlich stark verdünnt.

TOINETTE Sowas von Ignoranz. Sie brauchen den unverdünnten Wein. Und um Ihrem Blut die Stoffe zuzuführen, die ihm fehlen, brauchen Sie schöne Filets, schöne Koteletten, schönen Käse, Kuchen, Kastanien und Candiertes, zur Conglutinierung. Ihr Arzt ist ein Stümper. Ich schicke Ihnen einen aus meiner Schule, und solang ich hier bin, schau ich gelegentlich selbst herein.

ARGAN Ich wäre Ihnen ja so dankbar.

TOINETTE Was ist denn mit diesem Arm los?

ARGAN Bitte, was?

TOINETTE Diesen Arm, würde ich mir an Ihrer Stelle sofort amputieren lassen.

ARGAN Warum das?

TOINETTE Sehen Sie doch, der zieht die ganzen Nährstoffe an sich, die andere Seite kriegt so gut wie nichts.

ARGAN Ja schon, aber ich brauch den Arm noch.

TOINETTE Und Ihr rechtes Auge, das würde ich mir an Ihrer Stelle auch herausnehmen lassen.

ARGAN Ein Auge herausnehmen?

TOINETTE Ja, doch. Es unterbindet die Versorgung des linken Auges. Das können Sie mir glauben, heraus mit dem rechten, und Sie werden sich wundern, wieviel klarer Sie auf einmal mit dem linken sehen.

ARGAN Ja, aber doch nicht so schnell.

TOINETTE Alsdann. Ich sollte längs fort sein. Ich muß zu einem Patienten, der gestern gestorben ist. Ein hochinteressanter Fall.

ARGAN Gestern gestorben, ein Patient?

TOINETTE Ja, ich soll begutachten, was hätte getan werden müssen, um ihn zu retten. Bis bald.

ARGAN Leider bin ich noch nicht imstande, Sie hinauszubegleiten.

BÉRALDE Das ist ein Arzt von Format, bei Gott...

ARGAN Ja, aber wie der vorgeht, ruck-zuck!

BÉRALDE Daran siehst du, daß er wirklich ein großer Arzt ist.

ARGAN Arm weg, Auge raus, zur besseren Versorgung des anderen. Also ich weiß nicht, ich ziehe die schlechtere Versorgung des anderen vor. Eine schöne Operation, das, wo du nachher ein halber Mensch bist.

Elfte Szene

TOINETTE · ARGAN · BÉRALDE

TOINETTE *tut, als spreche sie zu jemandem.* Moment, Moment, alles was recht ist, aber das geht zu weit.

ARGAN Was?

TOINETTE Ihr Arzt, also sowas, wie der mir im Vorbeigehen an den Puls greift.

ARGAN Da schau her! Mit neunzig.

BÉRALDE Also, lieber Bruder, nachdem Herr Doktor Purgon sich hier so aufgeführt hat, bist du vielleicht eher geneigt zu hören, was für eine Partie Angelika machen könnte.

ARGAN Nein, nein, sie kommt ins Kloster! Sie wollte ja nicht hören, bitte. Ich weiß genau, daß da eine Liebschaft dahintersteckt. Ich weiß von heimlichen Besuchen, und niemand weiß, daß ich davon weiß.

BÉRALDE Na und, wenn schon ein bißchen Neigung im Spiel wäre, wäre das so schlimm? Kannst du was dagegen haben, wenn dabei nichts als eine Ehe herauskommen soll?

ARGAN So oder so, sie wird Nonne, das ist beschlossen.

BÉRALDE Und wem zuliebe tust du das?!

ARGAN Ja, ja, schon gut. Was anderes fällt dir nicht ein, immer muß meine Frau herhalten.

BÉRALDE Also, ehrlich gesagt, ja, ich meine sie. Du hast dich verrannt. Die Ärzte und sie – da setzt es einfach aus bei dir. Wie du auf alles hereinfällst, was sie anzettelt, Bruder!

TOINETTE Na, na, ich bitte Sie, so spricht man nicht von der gnädigen Frau. Sie ist eine Frau ohne Tadel, eine Frau ohne Tricks, sie liebt ihren Mann, und wie, ganz unaussprechlich.

ARGAN Sag ihm, wie lieb sie ist zu mir.

TOINETTE Sehr lieb.

ARGAN Wieviel Kummer ihr mein Zustand macht!!

TOINETTE Sehr viel.

ARGAN Und wie sie sich abrackert für mich!

TOINETTE Also wirklich. *Zu Béralde.* Ich kann Ihnen ja ganz direkt vorführen, wie diese Frau ihren Mann liebt, wenn Sie wollen? *Zu Argan.* wenn Sie gestatten, zeige ich ihm schnell, wie ahnungslos er hier herumredet.

ARGAN Aber wie?

TOINETTE Ihre Frau kann jeden Moment zurückkommen. Sie setzen sich in den Sessel, Beine lang, Arme hängen lassen, als wären Sie tot. Dann werden wir ja erleben, wie sie leidet, wenn ich ihr sage, was passiert ist.

ARGAN Das finde ich sehr gut.

TOINETTE Aber bitte nicht zu lang, sonst stirbt sie an ihrem Schmerz.

ARGAN Laß mich nur machen.

TOINETTE *zu Béralde.* Verstecken Sie sich in der Ecke da.

ARGAN Kann da nichts passieren, wenn man sich totstellt?

TOINETTE Nein, nein. Was soll denn da passieren? Arme, Beine, Kopf, alles einfach fallen lassen. *Leise.* Ihrem Bruder werden wir's zeigen! Ihre Frau! Machen Sie's gut!

Zwölfte Szene

BÉLINE · TOINETTE · ARGAN, *in seinem Sessel hängend* · BÉRALDE

TOINETTE *als habe sie Béline noch nicht gesehen.* O mein Gott! Welch ein Unglück! Was für ein furchtbarer Schlag!

BÉLINE Toinette, was ist los?

TOINETTE O Frau Argan.

BÉLINE Was ist denn?

TOINETTE Ihr Mann ist tot.

BÉLINE Mein Mann ist tot?

TOINETTE Leider ja. Der arme Mensch ist von uns gegangen.

BÉLINE Bist du sicher?

TOINETTE Leider ja. Es weiß noch niemand von dem Unglück, ich war ganz allein, in meinen Armen ist er entschlafen. Da, und jetzt, wie er der Länge nach liegt in seinem Sessel.

BÉLINE Gott sei Dank! Daß ich diese Last los bin!! Jetzt sei doch nicht so blöd und gräm dich wegen sowas.

TOINETTE Ich habe geglaubt, man müsse weinen.

BÉLINE Hör mir bloß damit auf! Wer außer ihm hat was verloren? Wozu hat er überhaupt noch gelebt? Überall war er im Weg, unhygienisch, abstoßend, nichts als Spülung, Einlauf, Klistier, immer sein Bauch, sein Darm! Und ewig husten, schneuzen, spucken, und keinen Funken Geist, nur noch fad und schlecht gelaunt! Und das Personal schikaniert! Eine Nervensäge für alle.

TOINETTE Eine schöne Leichenpredigt.

BÉLINE Toinette, ich brauch dich jetzt. Mein Plan steht fest. Und, bitte, wenn du mir hilfst, kannst du dir etwas ausrechnen. Da, zum Glück, noch niemand weiß, was passiert ist, legen wir ihn in sein Bett und halten seinen Tod geheim, bis ich alles geregelt habe. Es gibt Papiere, es gibt bares Geld, auf das ich die Hand legen muß. Ich habe ihm die besten Jahre meines Lebens geopfert. Dafür darf ich gerechterweise einige Entschädigung verlangen. Los, Toinette, zuerst brauchen wir mal seine Schlüssel.

ARGAN *steht jäh auf.* Immer mit der Ruhe.

BÉLINE *überrascht und entsetzt.* Nein!!

ARGAN Jawohl, Frau Ehefrau, das ist also deine Liebe.

TOINETTE O je, o je, der Verstorbene ist nicht tot.

ARGAN *zu Béline, die geht.* Ich bin froh, deine Zuneigung erlebt und deine wunderbare Predigt auf mich gehört zu haben.

Du hast mich so gründlich aufgeklärt, daß mir einiges nicht mehr passieren kann.

BÉRALDE *aus seinem Versteck kommend.* So, lieber Bruder, siehst du jetzt klar?

TOINETTE Also wirklich, wer hätte das geglaubt? Ich hör Ihre Tochter. Schnell zurück in den Sessel wie vorher, mal sehen, wie sie Ihren Tod aufnimmt. Ist doch prima, Leute auf die Probe zu stellen. Da Sie jetzt schon mal dabei sind, erfahren Sie, was Ihre Familie über Sie denkt.

Béralde versteckt sich wieder.

Dreizehnte Szene

ANGELIKA · ARGAN · TOINETTE · BÉRALDE

TOINETTE *als habe sie Angelika noch nicht gesehen.* Himmel, Himmel! O wie schrecklich! Was für ein Unglückstag!

ANGELIKA Toinette, was ist, warum weinst du?

TOINETTE Ach, ich muß Ihnen etwas Trauriges melden.

ANGELIKA Was denn?

TOINETTE Ihr Vater ist tot.

ANGELIKA Papa, tot. Toinette?

TOINETTE Da, schauen Sie. Eben gerade ist es passiert. Eine Schwäche übermannte ihn.

ANGELIKA O Gott. Wie schlimm, wie grausam. Warum gerade er, das einzige, was ich hatte! Und auch noch in einem Augenblick, wo er gegen mich aufgebracht war. Was jetzt, in diesem Unglück, es gibt nichts, was mir jetzt noch helfen kann.

Vierzehnte Szene

CLÉANTE · ANGELIKA · ARGAN
TOINETTE · BÉRALDE

CLÉANTE Angelika, Liebe, was ist, warum weinst du so?

ANGELIKA Ach Cléante, alles, was ich verlieren konnte, das Liebste, das Teuerste, ich hab es verloren. Mein Vater ist tot.

CLÉANTE O Gott, wie furchtbar. Und so plötzlich. Nein, o nein. Jetzt, nachdem dein Onkel, auf mein dringendes Bitten hin, für mich sprechen wollte bei deinem Vater, und jetzt komm ich, mich vorzustellen, voller Respekt, und ganz inständig wollte ich versuchen, ihn umzustimmen, daß er dich mir gäbe.

ANGELIKA Ach Cléante, bitte nicht. Kein Wort mehr von Heirat. Ich habe meinen Vater verloren, ich will nichts mehr in dieser Welt. Ich verzichte auf alles. Ja, Papa, ich habe mich dir nicht fügen können, jetzt will ich wenigstens einen deiner Wünsche erfüllen und dir dadurch den Kummer lindern, den ich dir leider bereitet habe. *Sie kniet nieder.* Das, Papa, laß mich dir jetzt versprechen, und um dir zu zeigen, wie mir zumute ist, möchte ich meinen Arm um dich legen.

ARGAN *sie umarmend.* O mein Kind!

ANGELIKA *erschrickt.* Oh!

ARGAN Nein, nein, keine Angst, ich bin nicht tot. Komm doch. Du bist mein Kind, du bist wahrhaftig meine Tochter. Ich bin so froh, jetzt kenn ich dein gutes Gemüt.

ANGERIKA Ach... was für eine schöne Überraschung. Papa! Ich habe dich wieder. Ich knie gleich noch einmal vor dir. Ich habe nur eine Bitte. Wenn du nicht einverstanden sein kannst mit dem, den ich liebe, wenn Cléante nicht mein Mann werden darf, bitte ich dich, mich nicht auch noch zu zwingen, einen anderen zu heiraten. Das ist alles, was ich von dir will.

CLÉANTE *kniet nieder.* Herr Argan, ich möchte Angelikas Bitten mit den meinen verbinden, lassen Sie sich gewinnen von der gewaltigen Harmonie einer so schönen Empfindung.

BÉRALDE Lieber Bruder, kannst du noch widerstehen?

TOINETTE Herr Argan, soviel Liebe muß Sie rühren.

ARGAN Wenn er Arzt ist, sag ich ja. *Zu Cléante.* Jawohl, studieren Sie Medizin, dann haben Sie meine Tochter.

CLÉANTE Aber gern, Herr Argan, um Ihr Schwiegersohn zu werden, werd ich auch noch Apotheker, wenn Sie wollen. Es gibt nichts, was ich nicht täte, um die schöne Angelika zu kriegen.

BÉRALDE Der Arzt im Haus vertreibt den Knochenmann.

ARGAN So ist es, wir sind gerettet.

ANGELIKA *zu Cléante.* Du bist der Retter.

CLÉANTE Der Gerettete.

Sie umarmen einander.

ARGAN Herr Cléante, der Puls ... mein Gott ... mein Puls ... schnell.

Cléante muß sich von Angelika trennen, Herrn Argans Hand nehmen und den Puls zählen. Während er zählt, geht der Vorhang zu.

- Drei Erzählungen. it 1862. 288 Seiten
- Lehrjahre des Gefühls. it 2776. 627 Seiten
- Madame Bovary. it 1864. 432 Seiten
- November. it 1865. 160 Seiten
- Reise in den Orient. it 1866. 464 Seiten
- Salammbô. it 1867. 464 Seiten
- Die Versuchung des heiligen Antonius. it 1868. 272 Seiten

Edmond de Goncourt/Jules de Goncourt. Tagebücher. Aufzeichnungen aus den Jahren 1851-1870. Ausgewählt, übertragen und herausgegeben von Justus Franz Wittkop. Mit zeitgenössischen Abbildungen. it 1834. 447 Seiten

Victor Hugo. Der Glöckner von Notre-Dame. Übersetzt von Else von Schorn. Mit zeitgenössischen Illustrationen. it 1781. 560 Seiten

Guy de Maupassant
- Bel-Ami. Übersetzt von Josef Halperin. Mit zeitgenössischen Illustrationen. it 280. 415 Seiten
- Pierre und Jean. Die Geschichte zweier Brüder. Übersetzt von Ernst Weiß. it 3027. 176 Seiten

Honoré-Gabriel Riquetti Comte de Mirabeau. Der gelüftete Vorhang oder Lauras Erziehung. Übersetzt von Eva Moldenhauer. Mit einer Nachbemerkung von Norbert Miller. it 32. 240 Seiten

Molière
- Der eingebildete Kranke. Übersetzt von Johanna Walser und Martin Walser. it 1014. 96 Seiten
- Der Menschenfeind. Übersetzt von Hans Magnus Enzensberger. it 401. 128 Seiten

NF 29/2/6.04

Michel de Montaigne
- Essais. Herausgegeben und mit einem Nachwort versehen von Ralph-Rainer Wuthenow. Revidierte Fassung der Übertragung von Johann Joachim Bode. it 220. 307 Seiten
- Tagebuch einer Reise durch Italien, die Schweiz und Deutschland in den Jahren 1580 und 1581. Herausgegeben und übersetzt von Otto Flake. it 1074. 368 Seiten

Charles de Montesqieu. Perserbriefe. Übersetzt von Jürgen von Stackelberg. it 458. 357 Seiten

Marcel Proust
- Combray. Übersetzt von Eva Rechel-Mertens, revidiert von Luzius Keller. it 2878. 272 Seiten
- Tage des Lesens. Drei Essays. Übersetzt von Helmut Scheffel. it 2718. 125 Seiten

François Rabelais. Gargantua und Pantagruel. Herausgegeben von Horst und Edith Heintze. Erläutert von Horst Heintze und Rolf Müller. Mit Illustrationen von Gustave Doré. it 77. 880 Seiten

Arthur Rimbaud. Sämtliche Werke. Französisch und deutsch. Übertragen von Sigmar Löffler und Dieter Tauchmann. Mit Erläuterungen zum Werk und einer Chronologie zum Leben Arthur Rimbauds, neu durchgesehen von Thomas Keck. it 1398. 478 Seiten

Jean-Jacques Rousseau. Bekenntnisse. Übersetzt von Ernst Hardt. Mit einer Einführung von Werner Krauss. it 823. 917 Seiten

Marquis de Sade. Justine oder Die Leiden der Tugend. Roman aus dem Jahre 1797. Übersetzt von Raoul Haller. Mit einem Essay von Albert Camus. it 1257. 574 Seiten

NF 29/3/6.04

George Sand

- Geschichte meines Lebens. Aus ihrem autobiographischen Werk. Auswahl und Einleitung von Renate Wiggershaus. Mit Abbildungen und Fotografien. it 313. 254 Seiten
- Indiana. Übersetzt von A. Seubert. Mit einem Essay von Annegret Stopczyk. it 711. 321 Seiten
- Lélia. Übersetzt von Anna Wheill. Mit einem Essay von Nike Wagner. it 737. 289 Seiten
- Ein Winter auf Mallorca. Übersetzt von Maria Dessauer. it 2102. 220 Seiten

Madame de Staël. Über Deutschland. Vollständige und neu durchgesehene Fassung der deutschen Erstausgabe von 1814 in der Gemeinschaftsübersetzung von Friedrich Buchholz, Samuel Heinrich Catel und Julius Eduard Hitzig. Herausgegeben und mit einem Nachwort versehen von Monika Bosse. Mit einem Register, Anmerkungen und einer Bilddokumentation. it 623. 864 Seiten

Stendhal

- Die Kartause von Parma. Übersetzt von Arthur Schurig. Bearbeitet von Hugo Beyer. it 1222. 640 Seiten
- Rot und Schwarz. Zeitbild von 1830. Vollständige Ausgabe. Übersetzt von Arthur Schurig. Bearbeitet von Hugo Beyer. it 1210. 630 Seiten
- Über die Liebe. Übersetzt und mit einer Einführung von Walter Hoyer. it 2573. 430 Seiten

Paul Verlaine. Poetische Werke. Französisch und deutsch. Übertragen von Sigmar Löffler. it 1556. 612 Seiten

François Villon. Sämtliche Dichtungen. Zweisprachige Ausgabe. Übersetzt von Walther Küchler. Bearbeitet von Marie Luise Bulst. Mit einer Einführung von Hans Rheinfelder und zahlreichen Abbildungen. it 1039. 307 Seiten

NF 29/4/6.04

Emile Zola

- Das Geld. Übersetzt von Leopold Rosenzweig. it 1749. 554 Seiten
- Germinal. Übersetzt von Armin Schwarz. Mit Illustrationen von Renate Sendler-Peters. it 720. 587 Seiten
- Nana. Übersetzung und Nachwort von Erich Marx. Mit Illustrationen von Renate Sendler-Peters. it 398. 533 Seiten
- Thérèse Raquin. Roman. Übersetzt von Ernst Hardt. it 1146. 274 Seiten

NF 29/5/6.04

»Theater« im insel taschenbuch Eine Auswahl

Pierre Augustin Caron de Beaumarchais. Die Figaro-Trilogie. Der Barbier von Sevilla oder Die nutzlose Vorsicht. Der tolle Tag oder Figaros Hochzeit. Die Schuld der Mutter oder Ein zweiter Tartuffe. Übersetzt von Gerda Scheffel. Nachwort von Norbert Miller. Mit zeitgenössischen Illustrationen. it 228. 394 Seiten

Euripides. Bakchen. Übersetzt von Kurt Steinmann. it 2537. 127 Seiten

Johann Wolfgang Goethe

- Faust. Text und Kommentar. Herausgegeben von Albrecht Schöne. Zwei Bände in Kassette. it 3000. 1976 Seiten
- Faust. Urfaust. Faust. Ein Fragment. Faust. Eine Tragödie. Paralleldruck der drei Fassungen. Zwei Bände. Herausgegeben von Werner Keller. it 625. 690 Seiten
- Faust. Erster und zweiter Teil. Herausgegeben und mit einem Nachwort versehen von Jörn Göres. it 2283. 760 Seiten
- Faust. Zweiter Teil. Mit Federzeichnungen von Max Beckmann. Mit einem Nachwort zum Text von Jörn Göres und zu den Zeichnungen von Friedhelm Fischer. it 100. 492 Seiten

Henrik Ibsen

- Ein Puppenheim. Herausgegeben und übersetzt von Angelika Gundlach. Mit zeitgenössischen Abbildungen. it 323. 176 Seiten

NF 83/1/10.03

- Gespenster. Ein Familiendrama in drei Akten. Übersetzt von Angelika Gundlach. it 2922. 350 Seiten

Heinrich von Kleist. Der zerbrochne Krug. Ein Lustspiel. Mit einem Nachwort von Hans Joachim Piechotta. it 171. 163 Seiten

Molière
- Der eingebildete Kranke. Übersetzt von Johanna Walser und Martin Walser. it 1014. 84 Seiten
- Der Menschenfeind. Nach dem Französischen des Molière von Hans Magnus Enzensberger. it 401. 116 Seiten

Johann Nestroy. Komödien. Mit einem Vorwort von Siegfried Diehl. it 1742. 427 Seiten

Friedrich Schiller. Wallenstein. Ein dramatisches Gedicht. Wallensteins Lager – Die Piccolomini – Wallensteins Tod. Herausgegeben von Herbert Kraft. Mit einem Nachwort von Oskar Seidlin. it 752. 325 Seiten

Arthur Schnitzler. Reigen. Komödie in zehn Dialogen. Herausgegeben und mit einem Nachwort von Hansgeorg Schmidt-Bergmann. it 2820. 128 Seiten

William Shakespeare
- Hamlet. Prinz von Dänemark. Übersetzt von August Wilhelm von Schlegel. Mit Illustrationen von Eugène Delacroix. it 364. 270 Seiten
- Romeo und Julia. Übersetzt von Thomas Brasch. it 1383. 151 Seiten
- Die Tragödie des Macbeth. Übersetzt von Thomas Brasch. it 1440. 112 Seiten

NF 83/2/10.03

- Was Ihr wollt. Übersetzt von Thomas Brasch. it 1205. 132 Seiten

Sophokles
- Aias. Übertragen von Wolfgang Schadewaldt. Herausgegeben von Hellmut Flashar. Mit zahlreichen Abbildungen. it 1562. 130 Seiten
- Antigone. Übertragen und herausgegeben von Wolfgang Schadewaldt. Mit einem Nachwort, einem Aufsatz, Wirkungsgeschichte und Literaturhinweisen. Mit einem Bildteil. it 70. 152 Seiten
- Antigone. Übersetzt von Hölderlin. Bearbeitet von Martin Walser und Edgar Selge. it 1248. 81 Seiten
- Elektra. Übertragen von Wolfgang Schadewaldt. Herausgegeben von Hellmut Flashar. Mit zahlreichen Abbildungen. it 1616. 160 Seiten
- Die Frauen von Trachis. Übertragen von Wolfgang Schadewaldt. Herausgegeben von Hellmut Flashar. Mit zahlreichen Abbildungen. it 2602. 129 Seiten
- König Ödipus. Übertragen und herausgegeben von Wolfgang Schadewaldt. Mit einem Nachwort, drei Aufsätzen, Wirkungsgeschichte und Literaturnachweisen. Mit 14 Abbildungen. it 15. 141 Seiten
- Ödipus auf Kolonos. Übertragen von Wolfgang Schadewaldt. Herausgegeben von Hellmut Flashar. Mit zahlreichen Abbildungen. it 1782. 164 Seiten
- Philoktet. Herausgegeben von Hellmut Flashar. Übersetzt von Wolfgang Schadewaldt. Mit zahlreichen Abbildungen. it 2535. 181 Seiten

August Strindberg. Fräulein Julie. Drama. Übersetzt und mit einem Nachwort versehen von Peter Weiss. it 2701. 112 Seiten

NF 83/3/10.03

Anton Tschechow. Der Kirschgarten. Übersetzt und bearbeitet von Thomas Brasch. it 1341. 94 Seiten

Oscar Wilde
- Bunbury oder Wie wichtig es ist, ernst zu sein. Ein leichtes Stück für ernsthafte Leute. Übersetzt von Christine Hoeppener. Herausgegeben von Norbert Kohl. Mit Abbildungen. it 2235. 161 Seiten
- Salome. Dramen, Schriften, Aphorismen und Die Ballade vom Zuchthaus zu Reading. Mit Illustrationen von Marcus Behmer. it 107. 250 Seiten

Die Schauspielerin. Zur Kulturgeschichte der weiblichen Bühnenkunst. Herausgegeben von Renate Möhrmann. it 2665. 456 Seiten

NF 83/4/10.03

Große Klassiker im Insel Verlag

Jane Austen. Verstand und Gefühl. Übersetzt von Angelika Beck. it 22812. 450 Seiten

Emily Brontë. Die Sturmhöhe. Übersetzt von Grete Rambach. it 2773. 460 Seiten

Fjodor M. Dostojewski. Der Spieler. Übersetzt von Hermann Röhl. it 2774. 240 Seiten

Gustave Flaubert. Lehrjahre des Gefühls. Übersetzt von Maria Dessauer. it 2776. 640 Seiten

Johann Wolfgang Goethe. Die Leiden des jungen Werther. it 2775. 176 Seiten

Victor Hugo. Der Glöckner von Notre Dame. Übersetzt von Else von Schorn. it 2810. 600 Seiten

Emile Zola. Das Geld. Übersetzt von Leopold Rosenzweig it 2813. 530 Seiten

Theodor Fontane. Effi Briest. it 2811. 350 Seiten

NF 67/1/6.01